SA VIE ET SON ŒUVRE

PAR

Ancien Conseiller général des Hautes-Alpes

GRENOBLE

1888

MOUNIER

SA VIE ET SON ŒUVRE

PAR

Xavier Roux

Ancien Conseiller général des Hautes-Alpes

GRENOBLE

EMILE BARATIER, LIBRAIRE-EDITEUR

1888

L'étude que nous publions sur Mounier fait suite à notre étude sur Barnave. L'une et l'autre se complètent. Mounier a été l'organisateur de la Révolution de 1788 comme Barnave en a été l'un des plus ardents promoteurs. Les événements au milieu desquels ces deux hommes célèbres ont agi étant les mêmes, nous avons pris dans l'histoire et dans l'ordre qui nous a paru le meilleur, ce qui pouvait donner de cette grande époque un tableau complet. Ce qu'on ne trouvera pas dans l'une sera dans l'autre.

Nous souhaitons que nos compatriotes prennent à la lecture de Mounier et de Barnave l'idée juste de ces temps agités. La prudence autant que l'énergie, la tolérance autant que la fermeté, la justice autant que la haine de l'arbitraire, les guida. Puissions-nous, en nous rappelant l'anniversaire de 1788, fêter en même temps les vertus qui ont fait, pour le Dauphiné, de cette date une époque glorieuse.

ERRATA

Page 18, lire à la 5ᵉ ligne, au lieu de : lettres patentes de *1752* : lettres patentes de *1751*.

Page 34, ligne 4, au lieu de : racontait, l'état d'esprit, lire : racontait l'état d'esprit.

Page 64, ligne 23, au lieu de : en relief *en ce qui* préoccupait, lire : en relief *ce qui* préoccupait.

Même page, ligne 29, au lieu de : faire nommer *des* représentants, des nobles, lire : faire nommer *les* représentants des nobles.

Page 69, ligne 9, au lieu de : qu'ils *devraient* consacrer, lire : qu'ils *devaient* consacrer.

Page 100, ligne 20, au lieu de : *criaient* sous les fenêtres, lire : *criant* sous les fenêtres.

Page 111, ligne 30, au lieu de : *et une seule* raison, lire : *ni aucune* raison.

CHAPITRE Ier

—✴✦✴—

Les deux hommes du Dauphiné qui dirigèrent les premiers mouvements de la Révolution de 1788, Barnave et Mounier, étaient d'origine roturière. La noblesse de Barnave était toute récente ; la famille de Mounier vivait de commerce. Le père du futur secrétaire de l'Assemblée de Vizille était drapier : il appartenait à l'un des quarante-quatre corps de métiers établis à Grenoble par arrêt du 16 avril 1718, et y occupait par la loyauté de sa vie une place enviable. Il était entouré de l'estime publique. Cependant il ne sortait pas de sa condition sociale et l'on ne pouvait s'attendre à ce que son fils serait un jour l'inspirateur du clergé et de la noblesse dans la Révolution la plus profonde que la France devait éprouver.

Les personnes de l'ancien régime se partageaient en trois classes : le clergé, la noblesse et le tiers état. Chacune d'elles possédaient des droits bien distincts et gardaient leur privilège avec un soin jaloux.

Le clergé, la noblesse, le tiers état défendaient respectivement leurs avantages et ne permettaient à aucun rival d'empiéter sur eux.

Or, qu'était-ce que cette division du pays en classes ?

L'état politique même de la France.

Préservé d'abord par le clergé de la destruction des barbares, notre pays avait donné au prêtre la première place dans sa reconnaissance et son respect. Les invasions écartées, atténuées ou vaincues, et le pays en travail d'organisation, la noblesse impuissante contre les barbares, avait lutté contre l'autorité des évêques, et s'était créé un droit spécial qui avait pris le nom de *régime féodal*. Le temps de cette lutte passé, la noblesse à son tour avait été battue en brèche par les communes. Communes, noblesse et clergé, telles étaient les trois forces qui, successivement, avaient apporté leur appui à l'organisation de la France. Aucune d'elles n'avaient essayé de détruire l'une ou l'autre de ses rivales ; il est à penser qu'une sorte d'équilibre fécond se serait établi, si un dernier pouvoir : l'autorité royale, n'avait tenté, pendant quelque temps avec succès, de se servir de l'une d'elles pour dominer les autres. Cependant les trois classes qui formaient la société française, bien distinctes l'une de l'autre, n'étaient pas séparées entre elles, je veux dire ne constituaient pas de caste. On pourrait les comparer aux grades de l'armée : chaque officier a des droits particuliers qui sont ses privilèges et son honneur ; il les protège contre les envahissements des grades voisins ou rivaux, mais ce grade si fier de lui-même est accessible à tous ceux qui ne l'ont pas. Telles étaient ce que l'on a nommé les classes privilégiées de l'ancien régime.

Le clergé se recrutait parmi le peuple. On ne demandait à quelque candidat que ce fût, pour le déclarer apte à jouir des premiers droits politiques de la France, que l'instruction nécessaire au prêtre, son dévouement à l'instruction publique, l'abnégation suffisante pour remplir ses fonctions religieuses. Souvent le dernier des paysans était devenu le premier du clergé : il y avait là un accès à la plus haute classe de la nation, constamment libre et ouvert à toutes les bonnes volontés.

La noblesse était moins accessible : elle l'était cependant encore par cent chemins. Aucune noblesse en Europe n'était plus facilement saisissable. Si l'on ne pouvait, à prix d'argent, se donner des ancêtres le plus simple des roturiers pouvait se créer une noblesse incontestée. Toutes les charges de la Cour, la plupart des fonctions des Parlements de provinces, une multitude d'emplois, tous à vendre, conféraient la noblesse et ses privilèges. On ne pouvait pas, n'étant pas noble, remplir certaines fonctions : on pouvait facilement réaliser les conditions par lesquelles on obtenait la noblesse nécessaire. L'acquisition de la noblesse était devenue si facile, que souvent on ne se donnait plus la peine d'y mettre un prix. On se déclarait noble. Combien de familles qui se targuaient de la grandeur de leur origine, n'étaient que des effrontées ! A chaque pas dans l'histoire du xviie et du xviiie siècle, on heurte dans l'histoire, de grands seigneurs qui ont été élevés par leurs parents dans la condition la plus humble. Entre la majeure partie de la noblesse de l'ancien régime et le tiers état, il n'y avait guère que l'épaisseur de quelques écus (1).

(1) A l'assemblée de Vizille, un certain nombre de gens, réputés nobles, ne s'y rendirent pas, de crainte d'être obligés de fournir les preuves de cent ans de noblesse qu'ils n'avaient pas.

Les choses étaient surtout ainsi lorsque Mounier vint au monde en 1758. Lui-même gravit en peu de temps, grâce à la petite fortune de ses parents, l'échelle sociale : fils de drapier, il était, en 1788, juge royal à Grenoble, doté de privilèges sociaux, et jouissant de la plupart des avantages de la noblesse.

La mère de Mounier avait un frère qui était curé à Rives, dans l'Isère. C'était lui qui avait baptisé le futur constituant ; il offrit à ses parents de lui enseigner les premiers éléments de latin et de le rendre capable de suivre les cours du collège royal de Grenoble. Les premières dispositions d'esprit et de réflexion montrèrent la nature de son intelligence. Mounier était un observateur grave, autant qu'on l'est vers dix ans, calme, attentif, un peu lent peut-être, mais d'un jugement droit : il voyait bien ce qu'il finissait par apercevoir ; du reste, point emporté et mêlant, en toutes choses, une sorte de gravité. Ses premiers condisciples l'avaient surnommé *Caton*. C'était définir la froideur et peut-être un peu la raideur de son attitude.

On a gardé de Mounier, à cette première époque de sa vie, un mot étrange. Ses premières études achevées sous la direction de son oncle le curé, il était venu au collège royal de Grenoble, et, sous l'influence d'une vive émulation, il avait révélé une pénétration et un jugement remarquables. Le travail avait fait de lui, en peu de temps, un élève distingué du collège. Or, en philosophie dans cette classe où l'on apprend à penser et où l'on exerce sa pensée sur les problèmes les plus importants de l'humanité, Mounier écrivit en tête de l'un de ses cahiers son appréciation sur la science la plus élevée : la métaphysique : il écrivit *nugæ sublimes*, ce qui voulait dire : *niaiseries sublimes !* La niaiserie n'était pas dans la métaphysique : elle était pour ce cas dans celui qui n'en avait compris ni la vérité, ni l'utilité. Mounier fut chassé du collège. A quoi tiennent les destinées ? L'idée de l'inutilité de la philosophie pénétra plus avant dans son esprit et il garda pendant toute la période brillante de sa vie (1), son indifférence et son dédain pour la métaphysique, c'est-à-dire pour la science de l'âme humaine. A partir de ce moment, tenant pour incertain ou flottant ce qui constitue la connaissance de l'esprit et de ses lois, il donna à son intelligence une direction toute théorique. Mounier cessait d'être un penseur pour devenir un rêveur : il allait commencer la vie sans connaître la puissance qui la dirige et, par conséquent, sans savoir sur elle ce qu'il faut pour la guider dans des voies sûres.

(1) Mounier revint plus tard à l'étude de la métaphysique ; il écrivit en exil un traité de métaphysique qui se trouve dans les manuscrits de la Bibliothèque de Grenoble.

CHAPITRE II

, Il entrait dans le *nugœ sublimes* de Mounier quelque
peu de scepticisme. Non seulement le jeune élève du
collège avait écarté cơmme au-dessous de ses efforts,
la connaissance des puissances de l'âme, mais encore
il avait indiqué dans la note ironique de son texte, une
sorte d'indifférence pour ce qui jusqu'alors était considéré comme le fondement de l'esprit humain. Peut-
être Mounier n'analysait il pas tout cela. Ce qu'il
écrivait n'en était pas moins l'expression de son âme.

Mounier, au sortir du collège, eut un instant la
pensée d'être soldat. L'idée ne resta pas longtemps.
Le grave *Caton* eût été mal à l'aise dans la vie des
camps. Le barreau où s'exerce gravement sur des
sujets qui ne les intéressent pas, la subtilité des gens
d'esprit, convenait mieux à la froideur de son imagination. Il prit ses grades de droit à l'Université d'Orange(1).

(1)« L'enseignement (du droit) était confié en fait (au temps
de Mounier) à des professeurs particuliers de Grenoble , ou
bien les jeunes gens qui se sentaient des dispositions et du

Pourquoi alla-t-il les chercher si loin de Grenoble ? La route était longue mais le succès plus certain et moins coûteux. Les avocats de cette université étaient persiflés du nom « d'avocats à la fleur d'orange » ; ils n'en étaient pas moins avocats et jouissaient comme les gradués d'écoles plus sérieuses, des droits et des prérogatives attachés à leur titre.

Mounier heureusement n'était pas de ces personnes qui, pour avoir la réputation d'hommes de valeur, ont besoin de l'éclat de leur grade. Le grade était une formalité ; sa valeur, il la possédait dans la clarté de son esprit, dans la netteté de son jugement et dans sa puissance de travail. Il plaida avec succès. Il montra une surprenante justesse d'esprit autant qu'un rare savoir juridique. Il aurait plaidé toute sa vie, si une extinction de voix ne l'eût bientôt contraint à renoncer au barreau. Mais quelle carrière embrasser ?

courage se servaient eux-mêmes de professeurs, et travaillaient chez des avocats instruits, dont la bibliothèque, les recueils manuscrits et les conseils étaient les seuls guides. Mounier prit ce dernier parti. M. Mallein, aujourd'hui (1806) procureur général de justice criminelle, et M. Anglès depuis conseiller au Parlement, le reçurent successivement chez eux pendant trois années. L'institutaire qu'il s'attacha à étudier fut Boutaric, auquel le même Anglès, M. de Beaumont, un des plus savants magistrats du Parlement, et M. Léon, avocat, ont joint des notes manuscrites dont on trouve des copies dans presque toutes nos bibliothèques .... Telles furent ses ressources pour les principes du droit. Quant à la procédure, il en apprit les règles et les éléments dans des entretiens avec un de ses amis, qui occupe aujourd'hui, avec distinction, une place au Tribunal civil. — *Note* de M. Berriat Saint-Prix, qui avait connu Mounier. *Eloge historique de M. Mounier*, p. 55.

Grenoble possédait à ce moment un tribunal de première instance d'une organisation singulière (1). Deux juges de nom différent le présidaient l'un après l'autre. L'un se nommait juge épiscopal, le second juge royal.

L'une et l'autre de ces charges étaient vénales. Mounier acheta le titre de juge royal. Ses occupations de magistrat seraient courtes : il aurait à juger un an non l'autre, il pourrait le reste du temps consacrer ses efforts aux études qu'il préférait.

Une coïncidence curieuse vint tout à coup diriger son esprit dans une voie bien imprévue pour lui.

L'Angleterre dominait les esprits en France depuis plus de cinquante ans. Les modes de Paris étaient anglaises; la littérature anglaise pénétrait nos écrivains; Voltaire lui-même, le plus spirituel des Français, dédiait à lord Bolingbroke sa tragédie de *Brutus*, comme à l'homme qui connaissait le mieux la langue française, et dans sa dédicace, il énumérait les circonstances par lesquelles pendant qu'il avait été à Londres, lui était venue l'idée de transporter sur la scène française, une pièce qui n'avait été qu'ébauchée en Angleterre. Mais les Anglais nous dirigeaient en

---

(1) « La justice est administrée alternativement pendant une année par les officiers du Roi, et une année par ceux de l'Evêque, en vertu d'une transaction passée en 1313, après bien des différents, entre le dauphin Guigue de la Tour et Guillaume Ruin, évêque de cette ville, par laquelle on convint que cette juridiction serait commune à perpétuité entre les deux seigneurs dans la ville et territoire de Grenoble. Les appellations vont au Parlement. Tous les habitants de Grenoble en sont justiciables. » *Almanach du Palais, 1788.*

des questions plus graves. Leur pays était de toute l'Europe le seul où existât un gouvernement organisé. Les autres nations vivaient plus ou moins sous un pouvoir absolu ; il n'y avait de Parlement, de liberté de la presse, de contrôle public des intérêts généraux, que parmi eux : ils s'offraient en exemple à tout peuple qui souffrait.

Un fait singulier contribuait à apporter en France l'admiration des institutions du peuple anglais. Les écrivains français que l'autorité souveraine exilait, se dirigeaient presque tous vers l'Angleterre. C'était au milieu de la liberté de la presse et côte à côte avec des écrivains indépendants que nos auteurs passaient leur temps de proscriptions. Avec quels regrets ils devaient revenir écrire sous un pouvoir arbitraire, tracassier, jaloux et susceptible. La Bastille était le premier monument qu'ils apercevaient quand ils découvraient Paris. Le contraste était saisissant, et la liberté, comme en Angleterre, restait le rêve de leur esprit.

Dans cette situation, il arriva ce qui était inévitable. Ce furent les institutions de l'Angleterre qu'étudièrent ceux de nos philosophes et de nos économistes que tourmentaient les problèmes politiques de la France. Montesquieu les analysa ; le problème qu'il exposa dans son *Esprit des lois* et la solution qu'il en fournit servit de thème à la plupart des écrivains politiques qui vinrent après lui : la haute autorité de son nom concentra leur étude sur son étude et ses espérances devinrent les leurs. Partout, en résumé, dans les salons par les habitudes, dans les promenades par les modes, dans les gazettes, dans les libelles, dans les brochures et dans les livres par les idées, l'Angleterre tenait au XVIII° siècle, l'esprit français. La guerre de Sept-Ans, où l'Angleterre fut souvent notre ennemie, la guerre de l'indépendance américaine que nos soldats et notre trésor soutinrent en haine de l'Angleterre, ne diminuèrent pas le culte que nous rendions aux mœurs et à la liberté des Anglais. Le fait était si général et se rencontrait à ce point dans toutes les classes de la société et dans toutes les provinces, que les Etats généraux avaient à peine réuni en 1788 les députés de tous les points de la France, qu'on reconnaissait parmi eux « le parti des Anglais. »

Le Dauphiné, pour être l'une des provinces les plus éloignées des Iles britanniques, n'avait pas moins tourné ses yeux vers ce pays envié. Ses magistrats, ses écrivains politiques, la partie mécontente de son aristocratie, songeaient à l'Angleterre toutes les fois que l'oppression était trop dure. Son gouvernement devenait le gouvernement désirable ; dans toutes les conversations et jusque dans les remontrances officielles adressées au Roi, on rencontrait des aspirations vers la pratique de la liberté anglaise.

Et pourtant qui la connaissait cette liberté si désirée? qui avait goûté ces mœurs indépendantes, et parmi ceux qui rêvaient du Parlement, qui en possédait le sens et le mécanisme? On en parlait à l'aventure sur la foi des premiers qui en avaient parlé. Il en était ainsi à peu près partout.

Or, dans les premiers temps que Mounier occupait ses fonctions de juge royal, un anglais, M. Byng, qui devait être un jour membre de la Chambre des communes, vint dans notre pays attiré par la beauté des vallées et la splendeur des montagnes. Il se fixa pour un temps, afin de mieux jouir de leurs aspects grandioses dans la vallée du Graisivaudan. Mounier le rencontra : notre compatriote étudiait à ce moment l'*Esprit des lois*. Quelle occasion plus favorable pour apprendre dans le détail, les institutions dont Montesquieu n'avait tracé que les grandes lignes ? M. Byng devint le commentateur de notre grand économiste. Il révéla à Mounier le caractère du Parlement anglais, la nature du pouvoir royal, les relations du monarque et de la nation : il lui donna le sens de ces institutions qui ne se soutiennent entre elles et ne soutiennent la liberté publique que par un équilibre admirable de force. De cet enseignement pratique, M. Byng passa à l'instruction théorique, et afin de satisfaire Mounier qui avait soif de connaissances, il mit entre ses mains des traités précis et complets (1), écrits par des auteurs anglais, des principales institutions de son pays. Mounier dut apprendre la langue anglaise. Rien ne le rebuta pour acquérir une connaissance approfondie d'un ordre de faits sur lesquels ses compatriotes raisonnaient sans cesse, mais dont ils ignoraient l'importance, le jeu et le sens. Une fois à même de poursuivre dans les auteurs originaux, les études que M. Byng lui avait signalées, il consacra la plus grande partie de ses loisirs à pénétrer jusque par la lecture des journaux anglais, les secrets de la Constitution anglaise.

On peut dire de Mounier que ce fut là dans les livres anglais, dans les journaux que M. Byng de retour en Angleterre lui envoyait, qu'il puisa le principal de sa science politique. Peu de personnes en France, et, à coup sûr, personne en Dauphiné, avant la Révolution, ne sut comme lui le mécanisme de la vie parlementaire, l'étendue du pouvoir royal, la puissance de la Chambre

---

(1) Entre autres les ouvrages de Blackstone sur le droit national anglais. M. Mounier étudia aussi le gouvernement parlementaire dans un ouvrage tout à fait théorique de M. Delolme (citoyen de Genève), auteur de la *Constitution anglaise*.

des communes, et la force de la Chambre des pairs. Il connaissait la valeur pondératrice de chacun d'eux, et savait jusqu'à quelles limites l'audace de l'un ou de l'autre pouvait atteindre sans compromettre l'équilibre général. Il avait compté ce qu'il fallait de force au Roi, aux communes, à la noblesse, pour que chacun d'eux accomplit son rôle bienfaisant. On aurait pu le transporter en Angleterre, il aurait admirablement disputé sur la Constitution. Les événements le transportèrent tout à coup sur un théâtre où il se vit dès les premiers jours, appeler à tenter ce qui se faisait en Angleterre.

CHAPITRE III

L'étude spéciale que faisait Mounier des questions qui touchaient à l'organisation des Etats, lui avait fait rechercher toutes les occasions de prendre part à la direction de la chose publique. Il n'était pas homme à ne vivre qu'avec des théories. Sa volonté tenace, le haut sentiment qu'il avait à juste titre de ses connaissances spéciales, le poussaient à entrer dans la pratique.

Les affaires municipales de la ville de Grenoble étaient alors soumises à un régime singulier. Peu de villes en France possédaient un corps municipal aussi sagement composé, et qui eût en lui autant d'éléments d'une administration indépendante et équitable.

Un arrêt de la Cour du Parlement, Aydes et Finances du Dauphiné, de l'année 1672, avait organisé le Conseil de Ville. Cette organisation consacrait les vieilles traditions du pays et les débarrassait en même temps des facilités d'abus qu'elles avaient laissées jusque-là aux conseillers.

En voici les lignes principales.

Le Corps de ville se composait de quarante membres. Les quarante formaient le Conseil proprement dit. C'était à lui qu'étaient dévolus le droit et la charge de régler les plus importantes questions d'admistration.

Cepéndant comme les quarante ne pouvaient se réunir toutes les fois qu'une décision était à prendre, ils choisissaient dans leur sein quinze personnes qui constituaient ce qu'on nommait le *Conseil ordinaire*. Ce Conseil se réunissait toutes les semaines et délibérait sur les questions courantes de l'administration, Il assistait presque en tout les quatre consuls qui personnifiaient l'autorité municipale. Le pouvoir particulier des consuls était en effet de peu d'importance. La police de la ville même ne les regardait pas ; elle appartenait au lieutenant de police, fonctionnaire nommé par l'Intendant. Dans cet ordre d'idées, les ordonnances disposaient que « dans les *règlements généraux de police, taux de denrées*, le lieutenant de police était obligé de *conférer* avec le maire et consuls et le Procureur du Roy. »

Le recrutement du Conseil se faisait, suivant l'arrêt de 1672, de manière à assurer aux intérêts divers une représentation suffisante. En ce qui concerne les consuls, les *trois derniers* consuls devaient être pris dans le *troisième* ordre ; les membres du Conseil devaient appartenir dans une proportion à peu près égale aux ecclésiastiques, aux nobles, au Tiers-Etat. « Ne pouvaient être élus ceux du troisième ordre, que ceux qui possédaient dans la ville ou dans le terroir de la ville, un bien-fond ou qui payaient un impôt

« nul ne pourra être reçu ni avoir voix délibérative
dans les conseils ordinaire et de quarante, qu'il ne soit
en estime dans le cadastre s'il possède des fonds, de
moins à la cense de 3 livres et s'il n'est contribuable
aux impositions que pour 5 livres. » En ce qui con-
cernait l'élection des consuls, il était nécessaire que
deux d'entre eux sur trois posssédassent un bien-
fonds. En outre, en sus de ses quarante membres, le
Conseil devait appeler auprès de lui pour délibérer
dans toutes les questions de comptes « deux notables
habitants des plus intelligents et des plus intéressés
dans la taillibilité. » Ces deux notables étaient élus
chaque année en même temps que les consuls.

Les affaires de la ville se divisaient pour la délibération en plusieurs catégories. Les unes, d'ordre purement administratif, étaient décidées par le Conseil
ainsi que nous l'avons dit ; les autres , les comptes,
par les conseils et les notables ; les autres, la police,
par le maire et consuls d'accord avec le lieutenant de
police. Les questions contentieuses étaient gouvernées
par un ensemble de personnes qui donnaient à la ville
toutes les garanties de force désirables. Lorsqu'un
point litigieux naissait des faits de la municipalité, on réunissait le Conseil des quarante et on appelait dans son sein avec voix *délibérative l'avocat* et le
procureur (ou avoué) de la ville. La résolution de
défendre ou d'abandonner un intérêt n'était prise
qu'après l'exposé en Conseil par les hommes de loi de
la difficulté soulevée. Pour que l'indépendance du procureur et de l'avocat fût plus entière, ni l'un ni l'autre n'étaient choisis à vie. Leur personne était sou-
mise à l'élection des quarante tous les trois ans.

Une organisation de contrôle réciproque des électeurs sur les élus et des élus entre eux, tenait ainsi dans
la voie droite le corps municipal, (ce n'est pas ici le

lieu de la définir) et lorsque la trompette sonnait dans la ville pour assembler le *Conseil ordinaire* ou que, le soir, après le *sing* (1), la grosse cloche de N.-Dame convoquait à l'Hôtel de Ville, pour le lendemain, le Conseil des quarante, la nouvelle de la réunion des conseillers éveillait dans l'esprit des habitants un sentiment de respect pour ceux qui allaient délibérer sur les intérêts communs.

Le corps municipal vécut sous ce règlement jusqu'à l'année 1752. A cette date, le Dauphiné avait à sa tête un intendant nommé de la Porte. Ce fonctionnaire royal a laissé dans les traditions du pays une réputation de dureté et de malversation. C'est sous son administration que le Parlement eut à signaler au Roi, le scandale d'impositions levées plusieurs fois sur les mêmes contribuables et employées pour des intérêts qui n'avaient jamais existé, par des agents qu'on « défiait de dire s'ils étaient encore en vie. » L'Intendant de la Porte gouverna les intérêts de notre province dans les jours les plus tristes qui, chez nous, aient précédé les années de la Révolution. Récoltes perdues, inondations, épidémies, coïncidaient avec l'épuisement du trésor, la multiplication des impôts, l'accroissement extraordinaire des charges de toute nature. Le Parlement pouvait dire au Conseil du Roi « le Dauphiné produit dix millions de revenus ; les finances de Votre Majesté en absorbent huit. » Il ne restait à nos paysans que leurs mains fatiguées pour travailler un sol qui ne voulait plus être fécond, et dans leur voix des plaintes qu'on ne voulait pas entendre.

(1) On appelait ainsi une sonnerie des cloches de Saint-André qui tous les soirs annonçait la fermeture des portes de la ville.

De La Porte participa-t-il à la haine qu'un désespoir aussi général fomentait dans tous les cœurs? Quoi qu'il en soit, Grenoble perdit à cette époque une partie de son organisation municipale.

Une lettre curieuse, inédite, sans signature. et qui se trouve à la bibliothèque de Grenoble, avertit, en 1749, les consuls de la ville que le sieur de La Porte, intendant, est en instance auprès du Conseil du Roi pour faire modifier le régime municipal de la capitale du Dauphiné. Il prétend ne rien modifier à son recrutement, rien à ses attributions, rien aux pouvoirs de diverse nature qui viennent l'assister suivant l'occurrence : son but unique, dit-il, est de réduire le nombre des conseillers. Et voici pourquoi. Lorsqu'une question d'un intérêt mixte s'élève entre l'intendant et les consuls, ceux-ci assemblent le Conseil ordinaire. La question est étudiée en commun. Après des pourparlers plus ou moins longs, on s'entend, et le Conseil des Quarante est convoqué pour ratifier la transaction arrêtée. Or, quelquefois les Quarante n'acceptaient pas ce qu'avaient décidé les Quinze, et tout l'effort de l'Intendant était rendu inutile. M. de La Porte trouvait à cette façon d'agir ou trop d'indépendance contre lui ou trop de lenteur et il proposait de réduire à trente le nombre des conseillers. Dès lors ce que les Quinze auraient étudié de concert avec l'Intendant ne serait plus détruit par les vingt-cinq conseillers qui vivaient en dehors du Conseil ordinaire. La transformation avait pour résultat de donner aux Quinze du Conseil ordinaire toute la puissance du corps municipal. Les propositions de M. de La Porte furent adoptées. Des lettres patentes de l'année 1751 firent d'elles la nouvelle loi municipale de Grenoble.

Les mêmes lettres inaugurèrent aussi pour les Consuls un nouveau mode de recrutement. A la place d'un Consul

appartenant au premier ordre, et de trois Consuls
choisis parmi le Tiers-État, il fut décidé qu'à l'avenir,
le premier Consul serait choisi dans le corps de la
noblesse d'épée ou de robe ou des avocats indistincte-
ment ; le deuxième parmi les Procureurs de Parlement ;
le troisième, dans le corps des notaires, procureurs au
baillage du Graisivaudan, des bourgeois vivant de leurs
rentes, et des marchands. Le quatrième, pour assurer un représentant au quartier le plus ouvrier de
Grenoble, devait être choisi parmi les notables habitants de la Perrière et de Saint-Laurent. Les mêmes
lettres fixaient le traitement des consuls. Le premier
aurait 600 livres ; le deuxième, 400 livres ; le troisième,
300 livres ; le quatrième, 250 livres.

L'organisation créée par les lettres patentes de 1752
fonctionnait au moment où Mounier étudiait les
questions politiques.

Mounier avait acquis sa charge de juge royal en
1783. De cette date jusqu'aux événements de 1788, il
n'a pas de vie publique. Tout entier à ses études de
droit, il n'est mêlé aux agitations de la cité qu'à
titre de citoyen. Il devait assurément dans ces
jours de trouble, où la bonne volonté de Louis XVI
flottait dans l'indécision, à la recherche de toute mesure
qui donnerait la paix au pays et de tout homme qui
voudrait l'aider à l'appliquer, il devait, au milieu des
espérances et des déceptions que soulevaient tour
à tour la faveur et la disgrâce des nouveaux ministres,
prendre part aux conversations, aux réunions, aux
mouvements de toutes sortes que provoquait l'incertitude du gouvernement. Il ne nous reste rien,
cependant, de cette période de sa vie, obscure il est
vrai, mais féconde, où il étudiait, où il réfléchissait, où
il calculait pour notre pays les avantages des institutions de l'Angleerre, où il étudiait Blackstone et

traduisait les ouvrages anglais de Crèvecœur sur la
Révolution américaine. On dit qu'il avait fondé, d'accord avec quelques amis, passionnés comme lui pour
les questions de droit public. une sorte de société
littéraire où l'on abordait successivement l'étude des
problèmes qui inquiétaient la France. On raconte aussi
que lorsque les agitations préliminaires de la Révolution commencèrent, il réunissait chez lui, les plus
ardents parmi les hommes qui entendaient diriger le
mécontentement populaire et qu'avec eux il préparait,
dans une étude contradictoire, les solutions qu'attendait, sans espérer jamais les voir dans la pratique,
l'inquiétude publique. Mais tout cet effort ne paraissait pas au dehors. Si, à mesure qu'on s'approchait des
événements de 1788, ses amis lui faisaient, parmi les
avocats, les membres du Conseil de ville et la partie
agissante du clergé et de la noblesse une réputation
de savoir politique, rien ne troublait le mouvement de
sa vie de juge ou d'avocat. Il donnait des consultations
de droit, il jugeait, il remplissait ses devoirs de père
de famille sans essayer jamais de sortir de la modestie
de son rôle.

Mounier s'était marié vers sa vingt-troisième
année. L'acquisition qu'il avait faite de sa charge de
juge royal, avait été hâtée par l'obligation que lui avait
imposé les parents de sa fiancée, de conquérir une
position. Son mariage, préparé dans une circonstance
honorable pour lui, fut la récompense de son dévouement.

Un de ses amis était tombé gravement malade.
Mounier s'installa au chevet de son lit et ne le quitta
pas tant que dura le danger ; il vint ensuite occuper
ses heures de convalescence. Son ami avait une sœur,
jeune, jolie, aimable, instruite. Mounier fut-il inspiré
dans son rare dévouement par le désir de voir la jeune

fille et de lui plaire ? Quoi qu'il en soit, le rapprochement opéré dans un moment aussi pénible, créa une
tendre affection entre Mounier et la jeune fille, et quand
il eut une position, le mariage fut célébré. Cette union
devait être heureuse, à ce point que lorsque sa femme
mourut, son départ fit à Mounier une blessure qui ne
se guérit pas et qui peu d'années après les rapprocha
dans la tombe.

Le mariage de Mounier avec la gracieuse Mlle Philippe Borel — c'était le nom de la jeune fille — surprit
ceux qui le connaissaient. Il avait alors un caractère
timide, réservé, brusque, agacé. La gravité qu'on lui
avait reprochée tout enfant, en le surnommant *Caton*,
était devenu altière et susceptible. Il vivait avec peu
de personnes : il n'avait pour amis que ceux qui
avaient pu apprécier dans l'intimité, la force,
l'étendue, la variété et l'agrément de son esprit. Lui si
persuasif dans une conversation où la vivacité de la
contradiction enflammait son intelligence, avait dans le
courant de la vie, une physionomie terne, effacée, presque peureuse. En dehors des entraînements de la
conversation, Mounier était sans éclat. Lorsqu'il avait
à répondre dans cet état il était sans énergie ; lorsqu'il avait à écrire, son style, naturellement sec, per-
dait l'élan et le rayonnement. Comment s'imaginer
qu'un tel caractère eût réussi à séduire la vive imagi-
uation de Mlle Borel ?

Mounier, marié, ne changea rien aux habitudes
presque retirées de sa vie. Il n'eut pas à prendre des
mœurs plus sévères : il continua ses graves travaux
de jurisconsulte, les alternant avec ses études de droit
public et se mêlant, comme par le passé, dans le même
rôle modeste, à tout ce qui intéressait l'état municipal
de Grenoble et l'état politique de la province.

Tout à coup, au mois de mai 1788, le Roi impose au

Parlement du Dauphiné ce qu'on nomme les *Edits de Mai*. Mounier sort aussitôt de l'obscurité et se révèle ; il apparait, à la surprise de tous, comme le conseiller et le guide des résistances de la noblesse et du Tiers-Etat.

Le premier mouvement politique du pays le mit en lumière.

CHAPITRE IV

Les *Edits de Mai* avaient un double but: imposer de nouvelles charges au Dauphiné et détruire son organisation judiciaire. L'annonce de nouveaux impots préoccupait le pays moins à cause des sacrifices qu'ils allaient exiger d'une province épuisée, qu'en raison de la façon arbitraire qui les créaient. C'était le bon plaisir du Roi qui les établissait. Et quel bon plaisir ! incertain, sans guide, sans raison, inspiré en tout par l'imagination. Le gouvernement ne savait plus où il allait. Depuis l'avènement de Louis XVI en 1774, dix fois déjà le ministre avait changé, et chaque changement avait été l'effet d'une vive réaction contre le ministre disgracié. Le ministre partait, revenait et repartait, et chaque fois, il gouvernait le pays suivant un mode différent. La France entière connaissait l'incertitude du monarque, et avait le pressentiment qu'une résistance inflexible aux faibles volontés du Roi aurait raison de son autorité.

La ville de Grenoble donna le signal de cette résistance.

Les *Édits de Mai*, en effet, décidaient qu'à l'avenir le Parlement du Dauphiné serait détruit, et qu'à la place de la vieille organisation judiciaire qui concentrait à Grenoble les juridictions supérieures, la province serait divisée en deux grands bailliages. L'un, celui du Graisivaudan, aurait son centre à Grenoble, l'autre serait installé à Valence, et prendrait à la vieille capitale du Dauphiné la moitié environ de ses justiciables. Une autre disposition enlevait au Parlement son autorité politique, et la lui retirait en remplaçant le droit qu'il avait d'enregistrer les ordonances du Roi, par l'institution à Paris d'une réunion plénière, chargée de vérifier et d'enregistrer, au nom de la France, les Édits royaux. Cette disposition n'émut pas les Grenoblois ni la province. Le Parlement n'était pas populaire. Çà et là, dans plusieurs occasions, les magistrats avaient défendu, non sans courage, les intérêts du pays. Le Dauphiné avait applaudi sa résistance. Mais en dehors de ces rares occurrences, le Parlement avait vécu le plus souvent au milieu de l'indifférence publique et quelquefois en pleine impopularité. Le Roi aurait pu réduire à rien son autorité politique le pays serait resté silencieux. Mais ce Parlement qu'on n'aimait pas et qu'on aurait pu diminuer sans éveiller aucun regret, lorsque le Conseil du Roi voulut lui enlever une partie de sa juridiction civile et criminelle, excita à Grenoble une irritation générale. Il ne pouvait en être autrement. Le Parlement faisait vivre les deux tiers de la ville : les magistrats en résidence et les plaideurs qu'ils y appelaient, constituaient les sources les plus importantes des revenus des habitants. Le mécontentement contre ces mesures devint une opposition violente le jour où le Roi répondit aux protestations du Parlement par des lettres de cachet, qui envoyaient les magistrats en exil,

On avait vu dès le lendemain du 10 Mai, — jour où l'on avait enregistré militairement les Édits — le 11, un mouvement digne de remarque : la noblesse, la première, avait protesté contre l'enregistrement forcé des Édits. Dans le chapitre précédent nous avons montré le clergé et la noblesse confondus avec le Tiers-État dans l'administration de la ville. La même union se montra dans la résistance à la volonté arbitraire du Roi. Notre noblesse était en France la plus mêlée au peuple ; fière de ses privilèges, elle était fière aussi de sa popularité et en toutes choses elle aimait à se montrer à la tête des défenseurs des intérêts publics. Ce n'est pas sur notre sol, ni dans les mœurs qu'avaient créés les vieilles traditions du pays, que notre noblesse formait une caste. La première, après l'enregistrement des Édits par la force armée, elle prit en main la défense des intérêts généraux de la province. Ce fut Mounier qui rédigea la formule de protestation.

Ce fait singulier d'une protestation de la noblesse, rédigée par un juge royal tel que Mounier, révèle la réputation de savoir juridique dont il jouissait. Si on s'adressait à lui dans une circonstance aussi solennelle, c'est qu'on le savait plus apte qu'un autre à exprimer les droits et les vœux du pays. La confiance qu'on lui témoignait montre encore qu'on attendait autant de son respect pour le Roi que de son savoir, pour exprimer, comme il convenait, les protestations d'une classe toute dévouée au monarque.

Mounier répondit à l'attente de ceux qui avaient eu recours à lui. La protestation ut respectueuse, mais nette et ferme, peut-être par moment, à travers les formules de déférence, un peu hautaine. On put y voir du premier coup les aspirations de Mounier pour la France.

C'était alors, depuis les premières années du règne de Louis XVI, une idée populaire que la convo-

cation des Etats généraux pourrait seule remédier aux
désordres, à l'impuissance ou à l'imprévoyance du
pouvoir royal.

Nos Etats généraux formaient la représentation
nationale.

Mounier autant et plus que personne se montrait favorable à la réunion des représentants du pays. C'était
une partie de ce qui se faisait en Angleterre qu'elle
réaliserait ! Pour lui le gouvernement représentatif constituait la plus sûre sauvegarde des intérêts publics : « Sire, écrivait-il dans la lettre des gentilshommes dauphinois, la nation est placée entre
deux dangers, mais combien leur nature est différente :
l'un est un mal horrible, le comble des maux, c'est le
despotisme de vos ministres et *l'esclavage de vos
peuples ;* l'autre est un inconvénient, c'est l'esprit de
corps qui domine trop dans les compagnies. Celui-ci
engendre des abus, mais celui-là donne la mort.…
Non, Sire, il est impossible de remédier utilement
aux abus qui sont liés avec le peu de constitution qui
nous reste, si l'on ne rend pas à la nation *l'intégrité
de ses droits.* »

Ce langage démocratique de la noblesse du Dauphiné laissait apercevoir une aspiration vers un
régime politique où non seulement le Parlement gar-
derait tous les droits que les *Edits de Mai* tentaient
de leur ravir, mais encore où la nation aurait reconquis l'exercice de tous ses droits, et quels droits ! les
Etats provinciaux et les Etats généraux. Je m'imagine
que les nobles pour lesquels la protestation était rédigée n'entrevirent pas à travers le texte tout ce qui
s'y trouvait. Mais comment ne pas le découvrir
lorsqu'on sait que l'idée capitale du rédacteur Mounier était le retour à la pratique de notre vieux régime
représentatif. Vizille et Romans apparaissent en germe
dans la protestation des nobles dauphinois.

La protestation de la noblesse ne resta pas isolée. Le corps de ville tint à honneur d'exprimer la sienne. Elle différait du tout au tout dans son inspiration de celle qu'avait formulée Mounier. Mounier, au nom de la noblesse, avait protesté en faveur des droits généraux du pays : le Conseil municipal ne voulut apercevoir qu'un intérêt privé : il protesta contre l'enregistrement forcé des édits, au nom des avantages matériels que détruirait la création de deux grands bailliages à la place du Parlement. Son langage est terre à terre :

« La consternation générale sera répandue à la vue des enregistrements militaires et de leur appareil effrayant. Chaque citoyen a calculé d'avance la perte de ses ressources d'industrie, les diminutions de valeur dans ses propriétés de la ville et de la campagne. »

Et plus loin :

« Deux sièges nouveaux sont établis dans la province, sous le nom de grand bailliage, l'un à Grenoble, l'autre à Valence, avec attributions à chacun d'eux du droit de juger en dernier ressort jusqu'à la somme de vingt mille livres : les bailliages actuels, d'autre part, sont établis en titres de présidiaux, pouvant juger souverainement jusqu'à quatre mille livres. Et *que peut-il rester au Parlement à la suite de ces prodigieuses attributions ! C'est dire beaucoup trop si l'on répond qu'il pouvait recueillir encore la centième partie des causes de la province.* Dans un pays aussi mal partagé de la fortune, les intérêts d'une valeur supérieure à vingt mille livres ne peuvent être qu'extrêmement rares. Le Parlement ne juge pas deux ou trois fois l'année des intérêts de cette importance. Déjà l'attribution faite aux nouveaux présidiaux, de pouvoir juger en dernier ressort jusqu'à concurrence de quatre mille livres, enlève aux grands bailliages les trois quarts au moins des causes de la province... »

C'était prendre la défense de l'ancienne organisation par son côté le moins respectable, et c'était la défendre avec un accent hautain pour les raisons les moins fortes. Le corps de ville protestait dans un intérêt de boutique. Pas d'idées élevées, générales, de celles qui naissent au fond des cœurs outragés ou dans le rêve d'une grande ambition politique ! Mais peut-être le corps de ville n'avait-il rédigé sa protestation au Roi que pour qu'elle fût comprise par le peuple. A coup sûr la population de Grenoble indifférente aux aspirations vers un état politique plus parfait, écouterait ses conseillers lorsqu'ils lui parleraient de ses intérêts menacés, des pertes de son commerce, de la ruine de son industrie, de la diminution de ses ressources vitales ! Grenoble comprendrait tout cela et ajouterait ses protestations à celle de ses représentants. Si ce langage terre à terre fut un calcul — on le croirait à voir la rapidité avec laquelle ce but est atteint, — s'il fut un calcul, le résultat fut obtenu.

En effet, à partir de la publication de la protestation du Corps municipal, la ville, déjà excitée, entre en effervescence. L'incertitude, la crainte, l'anxiété sont partout. On se demande quel avenir menace la ville ? De nombreuses familles se préparent à quitter un lieu où bientôt elles ne trouveront plus leurs subsistances. L'émigration commence, l'agitation s'accroit. Peut-être le gouverneur fera-t-il connaître cet état et cette inquiétude d'esprit et obtiendra t il du Roi la suppression des grands bailliages et le retour à la vieille organisation judiciaire ? On l'espérait, lorsqu'on annonça que le Roi envoyait en exil les magistrats de son Parlement. A cette nouvelle, qui apportait une si grande déception, l'esprit public s'enflamme, il s'irrite, il crie vengeance: il gardera ses magistrats, il ne leur permetra pas d'aller en exil, il les veut dans les murs de Grenoble, comme si en les conservant au mépris de la volonté royale, il ressuscitait le Parlement détruit! On sait ce qui arriva de cette exaltation générale. La *Journée des Tuiles* (1) commença par une émeute sanglante, la Révolution française! L'autorité du gouverneur duc de Tonnerre, fut outragée, celle du Conseil méconnue, de vaillants soldats à qui il était interdit de se défendre furent insultés, blessés, tués. La foule enivrée de désordres ne se calma que lorsqu'on fit semblant de lui rendre ses magistrats. Elle les acclama, les porta en triomphe, les couronna de fleurs. Triomphe de quelques heures, qui se renouvellera encore un jour; mais, né de la colère, il n'avait pas sa source dans un sentiment durable! Ce n'était pas un Parlement, peu aimé, qu'on exaltait, c'était l'autorité qui le détruisait qu'on humiliait!

Mounier ne prit pas part à l'émeute. Comme il avait été étranger à la protestation mesquine du Corps de ville, il ne prit pas part à l'agitation qui en fut le fruit principal. A quelles réflexions ne dut-il pas s'abandonner en entendant au fond de son appartement les bruits de l'émeute? Pourrait-il jamais amener à une constitution équitable une population qui, dès le premier jour, se livrait à de pareils excès! Ce peuple était-il prêt pour la liberté! Je m'imagine qu'il demeura quelques jours anxieux et que lorsqu'il vit la population, si violente le 8 juin, redevenue calme et muette pendant les jours qui suivirent, alors seulement il se prit à espérer. Le 14 juin, il entre en scène.

(1) Voir dans notre étude sur *Barnave*, le récit détaillé de cette journée.

CHAPITRE V

~⊶∽⊷~

Le premier effort que Mounier tenta dès qu'il prit un rôle public dans l'agitation de Grenoble, fut d'arracher la ville aux préoccupations matérielles qui la troublaient et l'irritaient, et de l'élever à la défense des intérêts généraux du Dauphiné. Il devina la force que l'inquiétude générale apporterait à ses grandes idées de réforme politique et il transforma le mouvement populaire. Ce n'était plus l'intérêt du commerce et de l'industrie de Grenoble qu'il s'agissait de protéger, c'étaient les droits anciens de la province qu'il fallait reconquérir.

Le 14 juin, huit jours après la Journée des Tuiles, le conseil de ville appela autour de lui, assurément sur l'instigation de Mounier, outre les conseillers, tous ceux du clergé, de la noblesse et du Tiers-Etat qui pouvaient éclairer et appuyer son action. Neuf membres du clergé, trente-quatre de la noblesse, dix-sept avocats, deux médecins, sept procureurs, trois notaires,

vingt-six bourgeois syndics de commerçants de métiers et négociants accoururent à ses côtés. Que vouloir
au milieu de l'inquiétude générale et dans l'état d'agitation qui irritait la province entière ? L'émeute la plus
imprévue qu'on pût imaginer avait ensanglanté, il y
avait moins de huit jours, les rues de Grenoble! La su-
rexcitation des esprits paraissait calmée, mais la
moindre étincelle ne pouvait-elle pas rallumer d'un
instant à l'autre la colère du peuple ? D'un autre côté,
les nouvelles de Versailles n'étaient pas rassurantes. Le
ministre qui avait conseillé au Roi la proclamation des
Edits et qui en avait maintenu par la force l'exécution,
annonçait une conduite plus sévère encore. On le savait.
Loménie de Brienne était un esprit vide, que ne soutenait personne à Paris, ni les courtisans, ni es hommes
d'affaires. L'isolement où par tactique on le maintenait,
accroissait son obstination et son aveuglement. Tout
était donc à craindre de la part des conseillers du Roi
comme de la part du peuple. Les délibérations du
conseil de ville prises sous les yeux de la foule pouvaient tout compromettre. En un instant, des paroles
de révolte prononcées de sa part auraient mis en feu le
Dauphiné tout entier. Les délibérants se tournèrent
vers Mounier. Que fallait-il décider ? Que fallait-il dire
au Roi, dont les ordres jetaient la province dans la
guerre civile ? Que fallait-il dire au peuple dont l'opposition était devenue révolutionnaire ? Le bon sens de
Mounier, le calme de son jugement, et cette longue
étude des révolutions qu'il avait faite dans son cabinet
avec les documents de l'histoire, lui firent trouver la
solution juste. Il fit décider d'abord d'écrire au Roi
une protestation, où le respect qui lui était dû aurait
son expression la plus nette, mais où les droits du
Dauphiné seraient revendiqués dans le langage le plus
précis et le plus ferme, et entre la déférence dûe au

Roi et la confirmation des revendications légitimes du peuple, il montra comme moyen d'apaisement la réunion dés *Ordres de la n tion !* « Jamais, sire, nous ne souffrirons qu'il soit attenté à aucun de nos droits, mais jamais nous ne laisserons détruire une constitution qui fait votre sûreté comme la nôtre. Nos propriétés ne seront pas dilapidées pour servir de proie aux traitres qui nous ont trompés... Les privilèges que nous serions prêts à sacrifier pour le *bien de la nation,* dans *une assemblée générale,* ne nous seront point enlevés sans *notre* consentement. Nos têtes sont à vous, sire, mais nos lois sont plus chères que nos têtes. *Assemblez tous les ordres de la nation* et tous les sacrifices nous seront possibles. Assemblez les Etats de cette province : la succession des maux dont elle est frappée, la rend chaque jour plus nécessaire... Garantissez-nous enfin de la plus cruelle des peines, celle de refuser notre obéissance à ce qui nous est présenté en votre nom. Accordez-nous le plus grand des bienfaits, celui de pouvoir toujours vous aimer. »

Cette protestation écrite (elle avait été rédigée de la main même de Mounier), Mounier porta plus avant encore la résistance de Grenoble. Il fallait prouver aux conseillers du Roi que les paroles qu'on lui adressait n'étaient pas de vains mots, et que leurs droits les Dauphinois avaient la volonté de les faire respecter avant toutes choses. Ce fut peut-être l'acte politique le plus audacieux de la vie de Mounier. Il appuyait ses déclarations d'indépendance par l'acte d'indépendance le plus hardi à la fois et le plus respectueux qu'on eût vu dans ce siècle. Il fit prendre par les personnes assemblées à l'Hôtel-de-Ville la délibération suivante :

« *Au surplus, il a été décidé d'inviter les Trois-Ordres des différentes villes et bourgs de la province, d'envoyer des députés en cette ville pour assister à une nouvelle assemblée, qui leur sera indiquée, pour délibérer ultérieurement sur les droits et intérêts de la province, et réunir leurs supplications auprès de Sa Majesté. A l'effet de quoi, il leur sera adressé des extraits formés de la présente délibération, etc. »*

Quelle hardiesse ! convoquer sans autorité une assemblée des Trois-Ordres ! Réunir, pour protester contre la volonté du Roi, la plupart des communautés ! Mounier, en poussant Grenoble à cet acte incroyable d'usurpation, devait être bien sûr de la faiblesse du Roi ou de la force de ses compatriotes ! Le lendemain même de la délibération, il achevait son œuvre et les villes et bourgs du Dauphiné recevaient la prière d'adhérer à la délibération du Conseil de Grenoble !

C'est ici, peut être, le lieu de remarquer le caractère de l'action de Mounier dans le mouvement révolution- naire de 1788. Du premier jour, il exerce une autorité, il dirige, il gouverne. A côté de lui agissent des hommes plus ardents, plus bruyants, plus mêlés, si l'on peut dire, à tout ce qui se fait. Barnave écrit l'*Esprit des Édits*, et l'impétuosité de son opposition remplit de bruit les rues de la ville. Mounier, lui, reste réservé et sa taciturnité s'impose. Ses défauts, son hésitation à for- mer des relations, la lenteur de son esprit dans les conversations privées, le manque d'éclat de sa parole quand elle n'est pas excitée par un grand mouvement, tout cela lui est imputé à vertu. On le croit plus réflé- chi et plus modeste parce qu'il parle moins, et plus instruit parce qu'il n'ouvre la bouche que dans les circonstances où il peut apprendre à ceux qui l'écou- tent, quelque chose de l'art de gouverner l'opposition. La confiance qui se concentre sur lui est sans réserve. Non seulement il dirige la délibération, mais il rédige les protestations, les appels, les procès-verbaux. Ce qui est extraordinaire c'est qu'il parvient à ce degré de souveraineté sans passer par aucune épreuve. Il parait à peine qu'on le reconnaît pour maître. Hier, simple juge royal, aujourd'hui il conduit le clergé, la noblesse, le Tiers-Etat, qui aspirent à rétablir l'ordre ancien des choses. Le 11 juin, Vizille, Romans, sont chacun d'eux l'expression de la pensée de Mounier.

Les délibérations du 14 juin à Grenoble avaient convoqué pour l'Assemblée des Trois-Ordres, à une date qui devait être ultérieurement fixée, les bourgs et les villes de la province. Tout le Dauphiné y répondit. Un grand nombre de communautés, qui n'avaient pas été appelées comme les bourgs et les villes, voulurent s'associer à la résistance de leur capitale. Le jour de l'Assemblée de Vizille le nombre des communes représentées était si important que les députés purent dire en toute vérité : « Les villes, les bourgs et les communautés qui ont nommé des députés ou adhéré aux résolutions prises par la ville de Grenoble, dans sa délibération du 14 juin dernier, forment une représentation suffisante pour exprimer le vœu de la province, d'autant plus qu'on n'avait invité que les villes et les bourgs ; qu'ainsi la présente Assemblée, disait la délibération, doit vraiment être regardée comme une Assemblée des Trois-Ordres du Dauphiné. »

Les députés n'étaient cependant pas arrivés à Vizille sans rencontrer sur leur route des obstacles difficiles à surmonter. A peine l'acte de convocation des Trois-Ordres avait-il été connu à Versailles, que des ordres sévères avaient été envoyés par le ministre pour empêcher toute manifestation publique, de quelque nature qu'elle fût. Le gouverneur duc de Tonnerre avait répondu en exposant l'état général d'inquiétude de la province et la volonté qui éclatait partout de reprendre la pratique des vieilles libertés delphinales. Mais on

n'aperçut pas ce qu'il y avait de désintéressé dans le
rapport de ce gouverneur qui avait été menacé de mort
quelques jours auparavant par ceux-là même dont il
racontait l'état d'esprit. Versailles eût dû être
frappé de ce qu'aucune parole de rancune ne sortait
des lèvres du duc et il aurait dû se demander à quelles
sources il puisait les conseils de ses rapports. Ne
comprenant rien, Loménie de Brienne coupa court à
toutes les représentations du duc de Tonnerre, en le
rappelant à Versailles et en le remplaçant par un
vieux et farouche soldat. Celui-là du moins n'aurait pas
de sensibilité ni de faiblesse. C'était le maréchal comte
de Vaux 1): il avait quatre-vingt-deux ans, et il avait
pris part à presque toutes les campagnes du siècle.
Soldat rude et vaillant, il ne savait que la consigne. Il
fut envoyé à Grenoble avec la mission spéciale d'étouffer tout germe de résistance et de dissiper ce qu'on
prenait à Versailles pour des fumées d'opposition.
Le maréchal de Vaux arriva au milieu du mois de
juillet, et prit possession de son gouvernement à
l'heure même où l'on cherchait le lieu dans lequel les
Trois-Ordres pourraient tenir leur Assemblée. La date
de la convocation n'était point fixée. Il était encore
temps de tout arrêter. Mais à peine arrivé, le gouverneur entendit en faveur de ce qu'il croyait, lui aussi,

(1) Voici comment l'appréciait un des députés à l'Assemblée
de Romans : « Bien des gens perdent à être connus, et, par
l'inverse, d'autres y gagnent beaucoup. Tels ont été, le
feu comte de Vaux qui sur son avenue à Grenoble, tout le
monde avait pris la terreur à Grenoble. Néanmoins, il s'y
est s'y bien comporté qu'il a emporté au tombeau l'estime
des grands comme des petits au point qu'il a été proposé a
l'Assemblée de faire faire un service solennel pour le repos
de son âme. » *Journal de Jacques Abel. Manuscrit inédit.*

une agitation populaire, une protestation qui attira ses réflexions. La noblesse militaire, après avoir rendu les devoirs qu'elle devait à un soldat aussi glorieux que lui, lui marqua que, prête à le suivre sur les champs de bataille, elle ne pouvait qu'être fidèle dans le mouvement qu'il était appelé à arrêter, aux sentiments du pays, à ses aspirations vers un retour à ses anciens droits et au maintien du Parlement. Le maréchal finissait d'écouter cette protestation, ferme autant que respectueuse, favorable au Roi et au pays, lorsqu'il eut à entendre les protestations du clergé, de la noblesse de robe, de toute la bourgeoisie: la ville entière lui répéta les mêmes idées.

Mounier était parmi ceux qui s'approchèrent du comte de Vaux : il s'entretint avec lui du sens de l'agitation qu'il devait calmer. La gravité froide et calme du juge royal montra mieux ue tout autre chose au vieux maréchal que le mouvement auquel on assistait n'avait rien d'insurrectionnel. Grenoble voulait son Parlement qui le nourrissait en grande partie, le Dauphiné entendait reprendre ceux de ses droits qui lui assuraient autrefois l'équité dans le vote et la distribution des impôts. Le gouverneur eut bientôt une idée vraie du mouvement: il vit, comme un général habitué à la tactique des batailles, que la résistance à la volonté générale de la province amènerait entre les habitants et l'armée du Roi un choc, sanglant peut-être, mais à coup sûr sans profit pour la dignité royale. Dès lors, il concerta avec les chefs du mouvement, un plan de conduite, qui, en sauvegardant en apparence le mandat qu'il avait reçu de Versailles, de ne pas laisser tenir *à Grenoble* l'assemblée annoncée des trois ordres, permettrait néanmoins à la province de délibérer et de hâter le retour à la paix. Il fut convenu avec Mounier et les hommes du Conseil de ville qui s'occupaient de gouverner la réunion des trois ordres, premièrement que l'Assemblée se tiendrait en un tout autre endroit que Grenoble, deuxièmement que la réunion ne durerait qu'un jour. Les chefs de l'agitation engagèrent leur parole que l'Assemblée serait calme, digne, très respectueuse pour l'autorité royale, et qu'aucun tumulte ne ferait regretter au maréchal de laisser les trois ordres se réunir pour délibérer sur leurs droits.

La séance fut désignée pour le 21 juillet : pour lieu de réunion, on choisit Vizille (1). Un châtelain dévoué, M. Périer, s'était offert à recevoir dans les vastes salles de son château les trois ordres de la province.

Les députés s'assemblèrent au jour fixé: un grand acte commença leurs travaux:

L'acte, en effet, en qui se résume l'une des plus fortes aspirations du pays à cette époque : l'égalité entre tous les citoyens, prêtres, nobles et membres du Tiers-Etat dans l'exercice des droits de citoyen fut conquise à Vizille avant même toute délibération. Chaque personne prit son rang comme il lui plut, dans les bancs qui avaient été réservés à chaque ordre, et chaque député eut, sans discussion, dans le vote, un droit égal à celui de tout autre député. On n'agita même pas à ce moment les questions de séparation de classes et de vote par ordre ou par tête qui devaient un an plus tard porter dans Paris les esprits jusqu'à la fréné-

(1) Le procès-verbal officiel de « l'Assemblée des Trois ordres » de la province de Dauphiné porte « Du 21 juillet 1888, à neuf heures du matin, dans une des salles du château de Vizille, lieu de la résidence de nos anciens Dauphins, et *où l'assemblée a été indiquée par l'impossibilité de la tenir à Grenoble.* »

sie. Le fait seul de la réunion de Vizille, dans les co ditions d'égalité où elle s'ouvrait, était un acte d'une haute grandeur.

La délibération ne dura pas plus qu'il avait été convenu : un jour ; elle porta sur deux ordres d'idées. La première appartenait au pays, la seconde était surtout de Mounier.

Les députés décidèrent d'abord qu'il fallait supplier le Roi de ramener à Grenoble les magistrats du Parlement : « Le Parlement était pour eux, disaient-ils, la garantie de la justice et l'un des privilèges de la province ». Mais tout aussitôt laissant cette question de côté, ils envisagent dans leur ensemble les anciens droits de la province et les éléments qui formaient la constitution du Dauphiné. Après avoir énuméré ses privilèges, ils formulent les principes généraux sur lesquels ils prétendent que reposent la monarchie même. Mounier apparaît ici tout entier : il fut le rédacteur de toutes les résolutions de Vizille.

« *C'est une loi fondamentale, disent les délibérations, aussi ancienne que le royaume, que les Français ne peuvent être imposés sans leur consentement ;* que les habitants de cette province ont à cet égard les titres les plus positifs ; que les Etats du Dauphiné accordaient les tributs, et consentaient à l'exécution des nouvelles lois ; *mais que les Etats généraux, pouvant seuls indiquer les améliorations dans les revenus, s'opposer avec succès aux déprédations dans le Trésor public, s'instruire sur la situation des finances et proportionner les impôts aux besoins réels, doivent seuls en régler la mesure* ».

L'Assemblée de Vizille, en transmettant au Roi cette délibération, décida de lui faire parvenir dans une adresse, l'expression complète de ses sentiments. C'est, sous une autre forme, la répétition des idées expri-

mées dans les résolutions : elle accentuait son dévoû-
ment à la monarchie.

« Sire, nous supplions votre majesté de retirer les
nouveaux édits, de rétablir les tribunaux dans toutes
leurs fonctions et de rappeler les magistrats du Parlement de Grenoble, qui, en résistant à vos ministres,
ont mérité des éloges et non des disgrâces.

« Nous la supplions de convoquer incessamment les
États généraux et ceux de notre province.

« C'est dans les États généraux du royaume, Sire,
que vos sujets de Dauphiné s'empresseront de donner
l'exemple à leurs compatriotes de l'amour et de la
fidélité. *Avec le dévouement des anciens Français dans
les Assemblées nationales, ils offriront corps et biens à
votre Majesté !* »

Tous ces mots étaient brillants et pouvaient bien
contenter le vieux maréchal de Vaux et ne pas déplaire
à l'esprit indolent de Louis XVI. Mais ce qui était re-
couvert de la parure brillante du respect et de la fidélité, c'était bien une révolution. Mounier voulait de
cette bonne foi qui caractérise les théoriciens, le renou-
vellement des bases de la Constitution. Il parlait de
traditions, mais il les trahissait en y ajoutant ce qui les
transformaient : il demandait l'omnipotence d'une
Assemblée nationale ! Il rêvait, pour tout dire, ce que
tout le monde désirait : une monarchie constitution-
nelle! Son ascendant lui vint de ce qu'il sut avec le plus
de netteté formuler le sentiment de tous. Malheureu-
sement le sentiment s'appuyait sur les idées de la
nation, il ne reposait pas sur ses mœurs !

CHAPITRE VI

Les anciens appelaient *fatum*, une divinité mys-
térieuse qui gouvernait, sans qu'ils pussent lui résister,
la destinée des hommes. La lutte, les résistances,
toute volonté contraire étaient impuissants contre la
fatalité. L'événement le mieux préparé tournait à mal,
l'œuvre la plus sagement conçue ne s'achevait pas, et
une action commencée pour un but finissait pour un
autre. Cette divinité des anciens n'est pas morte ; c'est
elle qui dirigea le mouvement politique de 1788 et la
Révolution. On ne put voir, et c'était l'étonnement de
Mounier, plus de sincérité, plus de prudence, plus de
sagesse de la part du Dauphiné dans la revendication
de ses droits : tout se changea en instrument de ruine.
Quand le vieux monde politique s'écroula, les esprits
les plus sagaces eurent un moment de stupéfaction.
Comment des efforts si louables faits avec une bonne
volonté entière, avec la résolution d'améliorer, de
relever, de redresser, avaient-ils abouti à une destruction pareille !

L'Assemblée de Vizille eut en France un immense retentissement. La sagesse de ses délibérations rayonna sur le pays entier. On crut que la formule de protestation la plus respectueuse à la fois et la plus fière avait été enfin découverte contre l'arbitraire du pouvoir royal. Le nom du secrétaire de l'Assemblée fut bientôt sur les lèvres de tous ceux qui se préoccupaient de la lutte engagée entre le peuple et la royauté. En moins de huit jours, dit un écrivain contemporain, Mounier fut célèbre dans la France entière. Le premier mouvement d'espoir qui alors fit tressaillir la nation s'aperçut de Versailles même : le ministre incapable, dont l'aveuglement avait provoqué la résistance, eut assez de clairvoyance pour l'entrevoir : il résolut de donner satisfaction à l'opinion qui, pour la première fois peut-être, apparaissait si uniforme et si résolue sur toute la surface du pays.

Le 2 août, en effet, dix jours à peine après l'Assemblée de Vizille, et à l'apparition seule on peut dire des procès-verbaux, le roi rendit un arrêt par lequel il convoquait « le 29 du premier mois... les trois ordres pour délibérer, exposer leur vœu sur la manière le plus utile à la province d'en convoquer les Etats et sur la forme qui doit être donnée à leur composition. »

Les motifs qui décidaient le Conseil a prendre l'arrêt est digne de remarque : ils révèlent la faiblesse et peut-être la peur qui les dictaient « Un grand nombre de voix se sont élevées pour supplier d'accorder au Dauphiné le rétablissement des anciens Etats ; et comme son intention sera toujours de faire le bonheur de ses peuples, et que ce bonheur peut résulter également des Etats provinciaux et des Assemblées provinciales, pourvu que les uns et les autres soient convenablement organisés, Sa Majesté a jugé à propos de déférer aux supplications qui lui ont été faites, et elle s'y est portée d'autant plus volontiers que la convocation des Etats généraux qu'elle se propose d'assembler dans l'année prochaine 1789, semble exiger que les Etats particuliers dans la province de Dauphiné soient assemblés pour que ses droits puissent être conservés et sa représentation aux Etats généraux suffisamment annexée ».

L'humilité de ces motifs et celte façon pateline de confirmer un droit qui paraissait enfin aux yeux du Conseil n'être pas suffisamment assuré par les vieilles traditions des Assemblées de la province, ne racheta pas aux yeux des Dauphinois le tort qu'avait eu le Roi de supprimer le Parlement et de tenter d'empêcher l'Assemblée de Vizille. L'arrêt fut lu dans toutes nos communes sans émotion : il arrivait trop tard et après que le sentiment était né partout, à la suite de la réunion du 21 juillet, que le pouvoir du Roi n'était plus nécessaire pour que le pays délibérât sur ses intérêts. On reçut sa convocation pour le 29 comme une résolution sans portée et en quelque sorte purement accessoire. Le Dauphiné avait conscience d'avoir repris ses droits : il les avait exercés malgré l'autorité royale.

La nouvelle de l'arrêt eut un autre effet, celui de porter les communes qui n'avaient pas adhéré, avant ou après, à l'Assemblée de Vizille, à le faire avec énergie. Tout le monde voulut être de ceux qui avaient reconquis les anciens droits. Tout le monde voulut marquer que l'arrêt du Conseil, en accordant la réunion de Romans, n'accordait pas une faveur au pays, mais que le pays se gouvernait, en agissant comme il le faisait, suivant ses vieilles prérogatives. « Messieurs des Trois-Ordres, disaient le 17 août 1788 les Trois Ordres du mandement de La Buissière, et leur langage ressemblait à celui de la plupart des autres communes, Messieurs des Trois-Ordres qui composent la présente Assemblée, n'ayant pu exprimer plutôt leurs vœux en corps par *défaut d'invitation de la part de Messieurs des Trois-Ordres de Grenoble*, à la suite de leur délibération du 14 juin, qui ne leur est parvenue qu'indirectement, et qui ne parle que de villes et de bourgs, s'empressent de se réunir à capitale de la province : en conséquence, ils déclarent devoir unanimement adhérer d'esprit et de fait, et *sans aucune restriction*, à tout ce qui a été arrêté à Vizille par la délibération du 21 juillet dernier...... Prenant en considération tout ce qui a été proposé dans l'Assemblée de Grenoble, le 13 du présent mois, *invariablement attaché* au droit des priviléges de la province, sont d'avis qu'en l'état, ils ne *peuvent délibérer sur les dispositions de l'arrêt dont s'agit, mais qu'il doit en être référé à la première délibération générale de la province indiquée au premier septembre prochain* ».

La réserve légèrement dédaigneuse avec laquelle on recevait l'arrêt du 2 août, la volonté très nettement accentuée de se réunir le 1ᵉʳ septembre, malgré la convocation du Roi pour le 29 août, révèlent bien que le Dauphiné entendait agir conformément à sa Constitution. La chose se montra mieux encore lorsque l'Assemblée du 29 ayant été contremandée, un nouvel arrêt l'ajourna aux premiers jours de septembre. Les communes, après avoir élu les délégués pour la réunion du 1ᵉʳ septembre, firent une délibération sur la réunion du Roi : ils acceptèrent cette dernière, sous la réserve de tout ce qui avait été voulu et résolu à Vizille (1), pour l'Assemblée du 1ᵉʳ. De plus, l'arrêt du 2 août avait fixé à cent quatre-vingts le nombre des

(1) Voir notre étude sur Barnave, p. 49.

représentants des trois ordres. Les communes, dans leur délibération, dédaignèrent d'obéir au Roi sur ce point et nommèrent autant de délégués que l'Assemblée de Vizille leur permettait de le faire !

Cependant, et tandis que dans le pays entier l'esprit dauphinois se réveillait de son long sommeil, et affirmait ses anciens droits, Mounier, à Grenoble, prenait à la direction du mouvement une part principale. Les trois ordres s'étaient réunis autour de lui et faisaient aboutir à lui toute l'agitation. C'était Mounier qui organisait la forme légale de toute la résistance. C'était lui qui fixait le sens des droits de la province, et, soutenu par les applaudissements de tous ses compatriotes, c'était lui qui enhardissait les timides, contenait les impatients et maintenait tout le mouvement dans les voies légales. Son action à ce moment, prudente, sage, politique, fut admirable. On peut s'étonner que, né de la veille à la pratique de la vie publique, il sut montrer autant de raison, de prévoyance et de fermeté. La province entière lui obéit ; il fut digne de cette incomparable soumission.

Loménie de Brienne en accordant, sous la pression d'une sorte de peur, l'arrêt du 2 août, n'avait pas pour cela détruit les caprices et les arrogances de son esprit. Il sut bientôt dans quel sentiment le Dauphiné avait accueilli l'arrêt qu'il avait provoqué et que la reconnaissance qu'il recevait ne répondait pas à celle qu'il attendait : il résolut d'empêcher la réunion accordée. Le moyen ? il décida de faire emprisonner Mounier qui était l'âme de l'agitation du Dauphiné. Déjà le bruit de l'arrestation prochaine du patriote dauphinois se répandait dans les villages et l'on craignait une nouvelle émeute. Tout à coup le 29 août, on annonça dans Grenoble la chute du

ministre. Le pays acclama la disgrâce de Loménie de
Brienne comme une délivrance (1).

C'était bien une délivrance en effet, non seulement
pour le Dauphiné, mais encore pour la France. Heureux si Louis XVI, enfin averti par la résistance qui
s'était élevée de toutes parts contre l'incapacité et
l'arbitraire de son ministre, avait pu appeler auprès
de lui un homme d'État résolu autant que capable et
assez expérimenté pour diriger la nation dans la tem-
pête qui commençait à se déchaîner! Ses vues étaient
trop courtes, et il n'avait pour tout guide que l'honnê-
teté banale de son esprit et de son cœur.

Quoi qu'il en soit, le Dauphiné respirait : il était dé-
gagé de l'étreinte qui comprimait ses aspirations et
ses mouvements. Le départ de L. de Brienne lui rendait
sa liberté d'action ; l'arrivée de Necker encouragea son
indépendance. La province fut dès lors libre d'agir
comme il lui plaisait. C'est là peut-être le spectacle le
plus touchant que notre pays ait offert à la France à cette
date. Affranchi, abandonné à lui-même, sans frein,
sans autorité qui le maintint, le gouverneur et l'intendant qui, la veille, avaient résolument contraint
ses expansions, désormais heureux de les seconder et
de les étendre, le Dauphiné pouvait tout tenter. Il fut
admirable de sagesse, de calme, de prudence. Pas
un acte de licence ne fut commis, pas une parole contre le Roi ne fut prononcée et pas un vœu ne fut
formé qui tendit à secouer l'autorité royale. Le Dauphiné prétendit seulement revenir à ses droits, à ses

(1) Le soir de la nouvelle de la chute du ministre, Grenoble illumina. Des réjouissances publiques s'improvisè-
rent et l'on brûla de Brienne en effigie sur la place de la
Cathédrale.

privilèges, à ses *statuta*. Vers la fin des délibérations
qui vont commencer, on verra apparaitre le désir de
donner une nouvelle Constitution à la France, on verra
naitre le mouvement centralisateur, qui aboutit à la
destruction des provinces. A ce premier moment toute
la résistance est en faveur des droits de la province.

Nous dirons tout à l'heure ce qui fut fait à la première assemblée de Romans. On lira auparavant
avec un réel intérêt le journal d'un député du village
d'Antonaves, dans le Haut Dauphiné, sur toute l'agitation de cette première réunion. Il a dépeint dans ses
notes qu'il avait écrites pour sa famille, et qui sont
inédites, la physionomie de l'Assemblée. (1)

« Le 5 septembre, les Trois-Ordres s'assemblèrent
dans l'église des Minimes, faubourg du Péage. Les
premiers étaient au nombre d'environ 300, et le tiers
d'au moins 800. On s'y rendit à dix heures du matin. Les
commissaires du clergé, de la noblesse et du tiers, à
eux joint M. de Morges, étaient alors chez les commissaires du Roi pour négocier sur la manière dont
l'Assemblée serait tenue, ils arrivèrent à onze heures et
apportèrent les propositions écrites en ces termes :

« Le Roi permet à ses commissaires de proroger
« l'Assemblée du 5 au 20, sans fixer le jour, et de se
« concerter avec les membres qui voudraient s'y rendre.
« Si le nombre de 300 n'est pas suffisant, le Roi per-
« met de se prêter à une assemblée indéfinie en obser-
« vant autant qu'il sera conservée la même proportion
« pour les membres de chaque Ordre et la force des
« élections. Il serait préférable que l'Assemblée fût

(1) Voir la première partie de ce journal si intéressant
dans notre étude sur Barnave.

« restée à 360, ainsi que le Roy l'avait autorisé par ses
« derniers ordres. »

« L'intention du Roy est que l'archevêque de Vienne
soit to jours le président, sauf à elle de ne le reconnaître que provisoirement et de faire toutes les protestations.

« Les Commissaires du Roi ne viendront à l'Assemblée que pour son ouverture et sa clôture, et quand ils
le jugeront nécessaire. Ils n'assisteront à aucune délibération ; elles leur seront remises pour en rendre
compte à Sa Majesté, ainsi qu'il est d'usage dans les
assemblées d'Etat ou provinciales.

« L'intention du Roi est qu'on opine par ordre et
ensuite par tête. Si le vœu général est contraire, les
commissaires luy en rendront compte.

« Les propositions lues il y eut d'abord un silence
de quelques minutes. Un membre de l'Assemblée,
M. Brun, avocat, mon parent, fit ensuite la motion tendant à régler la présidence, et comme il était alors une
heure, on se sépara après avoir seulement retenu qu'on
se faisait inscrire : un du clergé, de la noblesse et du
Tiers-Etat par élection.

« Cette formalité, renvoyée à 3 heures, elle tint jus-
ques à 8, au lieu de la séance où tout le monde se rendit, sauf le Tiers-Etat des Elections de Vienne et Valence, qui était alors assemblé dans une maison particulière *pour prendre des résolutions contraires au
bien de la province et à l'intention du Roy.* On prétend
qu'ils n'étaient de sang froid ny les uns ni les autres.
Un des membres de la noblesse les y vint joindre et
leur proposa, *sur ce qu'ils insistaient à ne vouloir
s'assembler qu'en vertu de l'arrêt du 2 août, et à ne pas
reconnaître les délibérations de Vizille et de Saint-
Robert, de s'en rapporter à la décision des commissai-
s du Roi.* Ils insistèrent encore quelque temps à ne

pas le vouloir, puis ils consentirent de se rendre chez
M. le Duc. On assure qu'il ne fut reçu des commissaires du Roy, pas même l'archevêque de Vienne, qui
les condamnaient à adhérer aux délibérations prises
à Vizille et à Saint-Robert.

« *Du 6.* — On croyait hier au soir qu'ils avaient subi
leur arrêt et qu'en s'exécutant ils avaient signé, mais
ce matin à dix heures on vient de dire qu'ils ne sentent
pas pour battus et qu'ils voulaient toujours faire
schisme.

« Le clergé s'assembla mais sur les huit heures du
soir, ils voulaient se réduire et nommer des députés,
mais ils finirent par renvoyer à aujourd'huy et à ne
rien déterminer. Ils inclinèrent singulièrement à la réduction. D'autre part, la noblesse s'assembla à la
même heure, et sur ce qu'il revint qu'elle voulait aussi
se réduire, le Tiers-Etat s'assembla en comité et luy
députa un de ses membres pour luy représenter que
tous ceux de la noblesse qui s'étaient rendus ici étaient
acquis à l'Assemblée, et que, sans rompre le contrat
formé entre les Trois-Ordres et sans manquer à ses
engagements pris les 25, 26 et 27 août, elle ne pouvait
ni ne devait penser à la réduction dont on craignait
qu'elle s'occupât. Il était plus de dix heures du soir lors
de cette députation, faite également au clergé, et ces
deux Ordres renvoyèrent à y délibérer chaqu'un en
droit aujourd'hui à neuf heures du matin. On ne sait
point encore ce qui sera résolu.

« On doit juger de quelle conséquence sera le résultat pour le Tiers-Etat. Voilà où en sont les choses. Il
est *à craindre que nous finissions par une administration provinciale sous la dénomination d'Etats provinciaux.*

« *Du 7.* — Messieurs de la noblesse se sont assemblés à l'heure qu'ils avaient indiquée la veille. Il ont retenu qu'aucun de leurs membres ne pourrait s'aboucher jusqu'au jour de l'Assemblée. Ils sont au nombre de 189. Messieurs du clergé ont également retenus qu'ils ne se sépareront point, et comme leur nombre n'est pas équivalent à celuy de la noblesse, il a été convenu entre ces deux Ordres que le clergé se doublerait par proportion, en sorte que les deux corps restent invariablement fixés à 284, ce qui portera le nombre des votants dans l'Assemblée à 568.

« La noblesse a, au surplus, retenu que M. l'Archevêque de Vienne présiderait l'Assemblée par provision et sous les protestations *dont on luy a fait part et auxquelles il a adhéré et respondu modestement, que sy on ne les eût pas faites, il les aurait proposées lui-même.*

« Le clergé et le Tiers nous fit encore délibérer sur ces deux objets.

« Les députés de l'élection de Vienne sont toujours récalcitrants, ceux de Valence se sont rendus. Les prétentions de Vienne ne tendent à rien moins qu'à exclure les députés de leurs communes.

« Le Tiers-Etat s'assembla à quatre heures aux Minimes, on nomma des commissaires qui furent pris au nombre de 3 dans chaque élection. Leurs pouvoirs sont de négocier avec Vienne pour tâcher de les ramener et de faire la *répartition* du nombre des membres par lesquels ils seront représentés par l'Assemblée. S'il y en a de licenciés, ce ne pourra être que ceux de Grenoble et de Vienne qui sont en trop grand nombre.

« L'élection de Montélimart semblait d'abord s'être réunie à celle de Vienne, mais au moment que la séance allait finir, un de ses députés vint dire qu'elle offrait d'adhérer.

« Les commissaires d'élection doivent s'assembler

demain à l'Hôtel de Ville, à dix heures du matin. On pense que l'Assemblée s'ouvrira mardy. M. l'Archevêque a annoncé qu'il célébrerait la messe du Saint-Esprit dans l'église des Cordeliers. Il y a apparence qu'on s'assemblera demain au soir en Trois-Ordres, pour délibérer sur la présidence. »

Jacques Abel raconte ensuite les efforts qui furent faits dans chaque élection du Tiers-Etat, pour amener la proportion entre les représentants des Trois-Ordres, il continue :

« *Du 10.* — L'ouverture fut annoncée hier au soir au son des instruments et de toutes les cloches. Dans ce moment, neuf heures du matin, les cloches et les instruments l'annoncent encore, pour se rendre à dix heures dans l'église des Cordeliers, au nombre invariable de 568 en totalité des Trois-Ordres.

Du 11. — La séance reprit à l'heure qu'elle avait été renvoyée. M. le président proposa M. Cuchet pour imprimeur. Il fut accepté *una voce dicentes*. MM. les curés firent ensuite demander la permission d'être admis. On la leur accorda. M. Le Maître curé de Saint-Laurent de Grenoble et M. Tosier, curé de Chirens, étant entrés, M. Le Maître fit à l'Assemblée des protestations dont MM. ses confrères l'avaient chargé. Elles tendaient à montrer à l'Assemblée que la manière dont ils devraient être représentés était illégale, qu'il n'appartenait qu'à eux de nommer leurs députés et qu'ils demandaient à l'Assemblée de pourvoir et non au bureau diocésain, à ce que à l'avenir un pareil abus n'eût pas lieu, consentant pour cette fois seulement que ce qui avait été fait ; ils offraient de nommer leurs députés sous les yeux de leurs supérieurs ecclésias-

4

tiques. Leurs réclamations furent accueillies et on ordonna qu'elles fussent enregistrées.

« Messieurs les députés de la Guillotière firent faire nne motion tendant également à être admis dans l'Assemblée ; on leur permit d'entrer. Ils présentèrent un mémoire qui'fut renvoyé aux commissaires pour demander d'être réunis au Dauphiné dont ils n'ont été séparés que par violence et en abus d'autorité inconcevable. M. le président déclara que les mémoires qui seraient remis seraient renvoyés aux commissaires et qu'on ne délibérerait sur les motions que le lendemain, que la manière d'opiner serait libre et non interrompue; qu'au second tour on ne discuterait plus et qu'au troisième on opinerait par scrutin. Cette proposition agita pendant longtemps l'Assemblée, elle fut opinée en partie et comme le temps se faisait court, elle fut renvoyée aux commissaires, après avoir retenu que tous les ordres opineraient *promisquement* un des Messieurs du clergé, deux des Messieurs de la noblesse et trois du tiers. L'élection de Vienne récclama la préséance sur celle de Grenoble. On l'a renvoyée à protester. Il fut enfin agité sy les protestations de Messieurs de Grenoble et de Maubec seraient enregistrées et on l'accorda. La séance finit là et fut renvoyée à aujourd'hui, huit heures du matin. La commission s'assembla aux Pénitents à cinq heures du soir, elle fut présidée par l'archevêque.

Du 12 septembre « ... Dans le moment les lettres de Paris annoncent le Parlement rappelé et adportent qu'on a promené M. de Sens avec une bigarrure dont 1/5 avec de l'étoffe de soye, 1/5 de nankin, 1/5 de papier, etc...

« C'est le 5 à un comité du Roy que l'on a délibéré le rappel du Parlement et M. le garde des sceaux tou-

jours amoureux de sa place, a passé la nuit à dresser
les lettres de rapel : il veut boire jusque à la lie, car
les Parlemens ne manqueront pas de le travailler
luy.

« M. Necker s'est procuré 28 millions qu'il ne veut
verser dans le Trésor, que lorsque les Parlemens
l'enregistreront. L'on dit même qu'il doit y avoir un lit
de justice et qu'il ne veut y paraître si M. de Lamoignon y figure.

« *Séance du 12 septembre.* — La séance de l'Assemblée générale fut courte hier, on ne s'y occupa que de
deux objets : Le premier était relatif à la manière dont
le procès-verbal devait être rédigé sur le fait de l'en-
trée de l'évêque de Grenoble à l'ouverture des séances
et si l'on pouvait toucher quelque chose aux protestations qui furent lues à M. de Viene et sa personne. On
retint que le procès-verbal serait rédigé dans la
plus exacte vérité et qu'on ne toucherait rien aux protestations.

« La seconde était relative à l'absence des individus
qui forment l'Assemblée. On retint que nul ne s'absen-
terait sans en avoir obtenu la permission sur raisons
qui seraient jugées valables et qu'en partant il laisserait
son adresse pour qu'on sût où le prendre. Il fut aussi
arrêté qu'on écrirait à ceux qui s'étaient absentés pour
qu'ils se rendissent.

« Lorsque le premier objet eût été arrêté, M. l'Evêque de Grenoble, dit d'abondance les plus jolies choses
à l'Assemblée. *Il paraît avoir l'esprit patriotique et
reprendre dans l'opinion publique.*

« Il fut aussi arrêté d'écrire une lettre au Roy pour
luy demander l'élargissement des Bretons et le rétablissement des tribunaux. On en délibéra aussi sur
M. Necker à l'effet de lui témoigner la satisfaction des
Trois-Ordres sur son retour au ministère.

« La commission s'assembla à cinq heures du soir, elle s'occupa de la formation de trois bureaux, en voici la division :

Bureau pour la formation des États. — 1ᵉʳ bureau

Clergé : le commandeur de Rosans,
de Vogelas.

Noblesse : Barratier,
Du Bouchage,
de Baronal,
de Saint-Didier.

Tiers : Pizon,
Achard,
Chabroud,
Champel,
d'Ambressieux,
Champagnier.

Affaires générales, mémoires, motions, correspondances, lettres, bien public. — Second bureau.

Clergé : de La Salcette,
Soliès.

Noblesse : Marquis de Blacons,
de Saint-Germain,
de Marsanne,
de Murinais.

Tiers : Bertrand de Montfort,
Beranger,
Didier,
Barnave,
de la Batie,
Hilaire.

3ᵉ bureau. — *Rédaction des procès-verbaux. Conseil*
général. Revision particulière avant le comité total.

Clergé :   L'Evêque de Grenoble,
          L. de Saint-Albin.

Noblesse : de Langon,
          de La Villette,
          de Tardivon,

Tiers :   de Beausemblanc,
          Piat-Desvial,
          Barthélemy,
          Brun,
          Lagié de la Condamine,
          Guillermé,
          Blancard.

« *Séance du 13.* — M. le président annonce que la
division des bureaux permettra l'accélération du travail. Ensuite on lit dans l'Assemblée générale deux
lettres au Roy et deux à M. Necker, dont deux de
M. Barnave et les deux autres de Mounier.

« On trouya les premières un peu longues quoique
remplies de bonnes idées. On penchait pour envoyer les
deux dernières. Néanmoins, il fut retenu que les commissaires les reviseraient et les complèteraient pour
les faire partir demain.

« M. le président termina la séance en annonçant
qu'il célébrera demain 14, à dix heures, la messe du
Saint-Esprit, à laquelle il invita tous les corps et les
ordres religieux de cette ville.

« *Du 14...* — Ici, Jacques Abel nous raconte pendant
une suspension des séances de l'Assemblée , une

excursion qu'il fit à Tournon, Tain et Valence. Les
détails qu'il donne offrent quelque intérêt :

« Après la messe du Saint-Esprit, nous partîmes,
avec M. Gabriel, pour Tournon. Nous y arrivâmes à
quatre heures du soir, et fûmes en droiture au collège
demander MM. de Bragard et Bertrand de Montfort
qui nous présentèrent au principal préfet nommé Ver-
det de Mane, qui nous donna les meilleures relations
de nos protégés, et comme nous connaissions ses parents et amis des environs de Forcalquier, il ne nous
quitta plus en nous faisant parcourir son collège qui
est réellement royal tant par la magnificence de son
édifice que par son parc et son jardin, aussy y res-
tâmes-nous jusqu'à sept heures et demie et vînmes
ensuite coucher à Tin (*sic*). Pendant notre souper,
sous notre fenêtre, se dressa un bal où il y avait plus
de soixante personnes de l'un et l'autre sexe, qui dura
jusqu'à dix heures au clair de la lune. Il y régnait la
plus grande liberté et gayetée. Pendant ce temps,
nous savourions divers vins que ces cantons fournis-
sent. Le premier fut du vin rouge de Tin, le second
du vin blanc de Pernay, et le troisième fut celui de
l'Hermitage. Etant nous-mêmes gays de ce jus bachi-
que et de la treille, nous vînmes nous-mêmes dans le
bal où je dansay un Rigodon à la provençale, qui parut plaire puisqu'on applaudit beaucoup par des cla-
quements de mains. La danse finie, chaqu'un se retira
et nous fûmes nous coucher. Le lendemain, 15, nous
arrivâmes à Valence à huit heures. Nous fûmes voir
la fabrique d'indienne de MM. Dupont et Cie et la
chaussée que l'on fait pour détourner le Rhône et former ses quais. Après quoy, nous fûmes dîner.

« Le grand Bailliage (de Valence) avait encore siégé
le samedi 13, avec d'autant plus de sécurité qu'il avait
reçu le matin une lettre de M. de Lamoignon qui con-

tinuait de l'encourager et de se méfier de tout ce qu'on pourrait dire, qu'il leur promettait protection et soutien. Mais, le 15, à trois heures après midy, il apprit, la larme à l'œil, et non sans regret, la disgrâce de ce ministre inconstitutionnel. Ce qui jetta tous les membres dans la consternation et ils allèrent renfermer leur douleur en se dispersant dans des cavernes d'où vraisemblablement ils ne sortiront qu'après les Etats généraux.

« La séance du 15 fut employée à la lecture du procès-verbal. Il embrasse et fait le rapport de tout ce qui s'est passé jusque-là. On peut en être fort content.

« Messieurs les commissaires, à qui l'Assemblée avait donné plein pouvoir pour corriger et faire partir les lettres au Roy et à M. Necker, en firent la lecture par défférence pour l'Assemblée. On applaudit aux corrections et aux retranchements qui y avaient été faits. Les lettres sont parties : elles seront imprimées tout au long dans le procès-verbal. On les a envoyées à Grenoble pour les faire imprimer sans en délivrer des copies.

« M. de Blacon fit pour et au nom de la noblesse, la motion concernant la corvée, elle tendait à ce que les trois ordres eussent à confirmer ce qui avait été précédemment délibéré, c'est-à-dire que la corvée serait prêtée par le clergé, la noblesse et le tiers, conformément à la transaction de 1554. Cet élan pour l'amour de la patrie est digne des nobles dauphinois : ils ne sont pas plus économes de leur argent que de leur sang.

« *Le tiers renouvelle à l'Assemblée ses remerciements sur la justice que les deux premiers ordres venaient de luy rendre.* M. Barthélemy porta la parole avec une précision et une netteté admirables. Le clergé demanda la vision de la transaction, puis il adhéra. Il n'y a point de séance aujourd'hui. Les commissaires travaillent à *tire d'aile* au plan de la formation des Etats. Ils doivent faire le rapport demain des bases qu'ils ont prises et sy elles sont agréées, la besogne accélèrera. Mais moi je pense que la clôture ne se fera pas avant huit jours, je ne le crains plus que je ne le désire.

« *Du 17.* — Hier, à dix heures du soir, arriva un courrier extraordinaire parti de Paris le 15 à une heure du matin, à M. de Morges, expédié par M. le comte de Valentinois, député de la noblesse à Versailles, qui luy annonce que le 14, à onze heures du matin, M. le garde des sceaux a été disgracié, MM. les Bretons et magistrats élargis, et les tribunaux rétablis. Le postillon, qui avait pris 50 heures pour se rendre icy et qui y est arrivé en 46 heures, a assuré que le Parlement de Paris devait estre rendu en corps à Versailles le 15, à sept heures du matin. Vous sentez quelle sensation cela a fait sur cette place où les Trois-Ordres de la Province se trouvent réunis.

« On assure que les camps d'Amiens et de Metz ont refusé la manœuvre pour être trop compliquée. Il faudra qu'à notre exemple les troupes s'assemblent en Trois-Ordres.

« On a retenu dans les deux séances d'avant-hier et hier, 16 et 17, les objets suivants :

« La corvée argent sera payée par les Trois-Ordres, en conformité de la transaction du 6 février 1554.

« 2° Que le nombre des députés, pour la formation des Etats, serait de 141.

« 3° Qu'il serait payé 6 livres par jour à chaque député, n'importe de quel ordre et seulement pour 30 jours, c'est-à-dire que sy le travail où les bezoins de la Pro-

vince demandaient de plus longues séances, elles ne
seraient payées que pour 30 jours, et que sy les députés en employaient moins, ils ne seraient payés qu'en
concurrence.

« 4° Que tant nobles que roturiers seraient majeurs
pour être élus.

« L'Assemblée est renvoyée ce soir à quatre heures.

« Sur la motion tendant à l'éligibilité aux Etats , il
a été proposé que ceux qui payeraient 50 livres d'impositions réelles pourraient être élus représentants aux
Etats, mais cette motion a porté MM. de la noblesse a
demander à y délibérer avec réflexion à eux en particulier et dans leur ordre. Sur quoy l'Assemblée s'est
séparée et MM. de la noblesse se sont retirés dans la
chapelle des pénitents pour y délibérer entre eux, après
que le président a eu dit que l'Assemblée générale serait renvoyée au lendemain 18, de sept heures à dix
heures du matin.

« *Du 18 sept.* — A l'heure indiquée, chaqu'un s'est
rendu et avant que personne ait porté de motion, MM.
de la noblesse ont dit que plusieurs de leurs membres
étant absents, on ne pouvait délibérer sur rien, à
moins de ne doubler les voix pour les absents.

« Le tiers a répondu que toute juste que fût leur proposition d'égaliser les voix, sy l'on permettait de doubler celles qui luy manquent, les représentants du tiers
s'absenteraient avec d'autant plus de sécurité qu'ils
s'étayeraient sur la persuasion de doubler les voix, et,
qu'ainsy, l'Assemblée générale des Trois Ordres réunis
de la Province, finirait par être représentée par un très
petit nombre de votants, que le gouvernement ne voudrait pas les reconnaître pour les vœux généraux de la
Province.

« MM. de la noblesse ont ensuite dit que ce n'était

qu'une deffaite en exagérant ainsy, que le tiers ne voulant consentir à égaliser les voix, c'était pour avoir la
prépondérance sur la motion qui devait être portée ten-
daute, à savoir sy les fermiers des seigneurs devaient
être elligibles ou non, et, qu'en conséquence, ils persis-
taient à l'égalité des voix et se sont retirés de suite
dans la chapelle des pénitents pour délibérer séparément et entre eux.

« Le tiers a ensuite convoqué ses membres au lendemain 19, à huit heures, où tout le monde s'est rendu.

« *Du 19.* — M. Barthélemy d'Orbanne, portant la
parole, a dit : « il s'agit de délibérer parmy nous sy les
« fermiers, sous-fermiers et leur caution, seront elli-
« gibles ou non pour ettre représentants aux Etats.
« Voicy, à moy particulier, a-t-il ajouté, ma motion :
« Il est certain que majeure partie des fermiers, soit
« pour leurs immeubles, soit pour leurs talents et leurs
« vertus, mériteraient d'ettre elligibles, mais je pense
« que leur qualité de fermiers les rend incompatibles à
« être élus. J'adjoute plus, c'est que parmy nous, plu-
« sieurs le sont, et que leur délicatesse et leur loyauté
« répugne à être proposés. »

« M. Pison du Galand a ensuite dit que luy même
« était engendré d'un fermier, qu'il pouvait luy même
« en engendrer d'autres, mais que, néanmoins, il était
« d'avis que ils ne fussent éligibles. » L'on a cueilli les
voix qui ont été conformes et générales. *Néanmoins,*
on n'en a point dressé procès-verbal, qu'il a été dit que
MM. de la noblesse, quoique ayant délibéré parmy eux,
n'en avaient point dressé en raison de ce que ce serait
détruire l'Assemblée des Trois-Ordres que de délibérer séparément, surtout prouvé par des procès-verbaux,
que chaque ordre en particulier a bien le droit de se
consulter, mais point de délibérer. En conséquence, le

tiers s'est conformé à la noblesse et n'a fait que de consulter sans délibérer, avec d'autant plus de raison que ce serait donner lieu à la noblesse de dire que le tiers a fait sission en délibérant séparément. La séance a finy par là et a été renvoyée à 3 heures après midy.

« Le tiers, assemblé à ladite heure, a persisté ne délibérer sur rien, sans, auparavant, avoir entendu MM. de la noblesse. En conséquence, il leur a été envoyé une députation de 4 membres, mais ils ont renvoyé leur réponse au lendemain 20 au matin.

« *Dans cette intervalle, c'est-à-dire du 18 au 20, les esprits de tout le monde étaient fou, exaltés, il s'y mettait même de part et d'autre d'humeurs et il y avait à craindre une sission.*

« Le 20 au matin, le tiers assemblé n'a encore rien voulu délibérer jusqu'à la réponse de MM. de la noblesse qui l'ont encore renvoyée à l'après-midy sur les cinq heures.

« L'heure arrivée, tout le monde s'est rendu à six heures. Les députés de la noblesse sont entrés et ont dit qu'ils avaient délibéré entre eux que pour ettre elligible dans leur corps, il fallait prouver 4 générations ou 100 ans, *hors ceux qui, loyalement*, avaient etté aux assemblées des 21 juillet, 25, 26, 27 août et 1er septembre, que pour la quotité ils l'avaient réglée à 50 fr. d'impositions réelles. Il a été convenu en même temps que le tiers délibérerait en particulier sur l'incompatibilité des elligibles tels que les fermiers et autres, ainsy que sur la quotité, mais qu'à part ces deux objets qui néanmoins seraient proposés aux Trois-Ordres, pour être par eux sanctionnés, quoique pris séparément par la noblesse et le tiers, mais qu'à part, dis-je, de ces deux objets, *dorénavant aucun ordre n'aurait le droit de délibérer séparément, mais seulement les*

Trois Ordres réunis. — MM. du clergé ont également délibéré sur l'elligibilité et il a etté convenu entr'autres qu'il y aurait 4 cures possédant bénéfice.

« *Du 22*. — A neuf heures du matin, l'assemblée générale des Trois Ordres étant formée, M. le président a dit que M. de Morges allait faire lecture d'une lettre qui, quoi qu'elle ne fût adressée qu'à la noblesse, il ne doutait point que les Trois Ordres ne l'entendissent avec plaisir. Sur quoy M. de Morges a prié M. de Blacon de la lire à haute voix. Cette lettre écrite et signée des douze gentilshommes Brettons élargis, renfermait des sentiments de reconnaissance au corps de la noblesse du Dauphiné qui avait bien voullu écrire en leur faveur lors de leur détention. Aussy, disent-ils, qu'ils ne peuvent mieux employer les premiers moments de leur liberté, que d'applaudir au courage et à la constance des nobles dauphinois et les remercier de leur intervention auprès de Sa Majesté, que les siècles les plus reculés apprendront que les *Dauphinois, Brettons et Bernois ont sauvé, par leur constance à la constitution nationale, le plus beau des empires*, etc.

« Ensuite, M. le président a adjouté que MM. de la commission qui travaillaient continuellement avaient formé le plan, les bazes de l'organisation des Etats, qu'il ne s'agissait que de les rédiger et que demain 23 courant, on en délivrerait des copies à toutes les élections pour entre elles y former leurs vœux particuliers, et mercredy 24, à neuf heures du matin, à l'assemblée générale chaqu'une y porterait ses réflexions. Comme on allait se séparer, l'on a proposé le résumé des éclaircissements que l'on avait pris sur le faux bourg de là Guillotière.....

« Le 23 novembre, la copie des plans de la formation des Etats n'a point été remise vu qu'elle n'était
point rédigée et qu'elle ne l'a été que le 24 à quatre
heures du matin. Sur les neuf heures, l'assemblée
générale des Trois Ordres réunis s'est formée à l'église
des Cordeliers. M. le président a dit au secrétaire de
faire lecture du procès-verbal du 22, ce qu'ayant été
fait, il a été adjouté que le secrétaire allait communi-
quer à l'assemblée le plan de la formation des Etats.
Sur quoy *M. Mounier est monté en chaire* et y ayant
lu les préliminaires, on a détaillé quarante-sept articles devant faire les bazes de la nouvelle formation
des Etats provinciaux dont les articles 5 et 6 compé-
tant le clergé étaient omis en raison de ce qu'il
n'avait pas encore délibéré. Sur quoy un des membres
du Tiers a observé à M. le président, que il serait
essentiel que l'assemblée sût à quoy s'en tenir sur le
clergé. M. le président a répondu que ce qui l'avait
retardé c'est que son ordre n'avait pas encore opiné
sur les changements du tiers ou de la moitié dans les
Etats. Alors chaqu'un a demandé d'opiner sur cet
objet de suite. Les voix bien articulées les unes après
les autres et toujours promisquement (en observant
que les absents étaient remplacées par les suivantes
dans chaque ordre) la pluralité a été pour la moitié,
c'est-à-dire que les membres élus pour les Etats de la
province, au lieu d'être remplacés toutes les années
d'un tiers, le seraient de deux en deux ans par la moitié. Après, M. le président a annoncé que copies du
plan des bazes et de l'organisation dont lecture venait
d'être faite par le secrétaire, seraient remises à chaque
ordre qui s'assemblerait après midy pour y faire
chaqu'un son observation, et que demain 25 il y aurait
deux séances générales, l'une à neuf heures du matin
et l'autre à une heure du soir pour accélérer. A quatre

heures après midy de ce jour, le clergé s'est assemblé
chez l'archevêque ; la noblesse aux Pénitents, et le
Tiers dans l'église des Cordeliers, pour y examiner
chaqu'un en droit soye les quarante-sept articles concernant la formation des Etats. Dans l'assemblée du
Tiers où j'étais, les réflexions des individus ont été si
longues, que notre séance n'a fini qu'à dix heures ;
néanmoins presque tous les articles ont été adoptés.
MM. d l clergé nous ont envoyé une dép tation pour
nous faire part de l'art. 5 et 6 qui les competaient. Ce
dont les deux séances générales de demain qui déci-
deront du court au long ce que nous faisons. Dieu
veuille qu'il soit bientôt abrégé.

« La séance du 25 septembre à neuf heures du matin a duré jusqu'à trois heures après midy ; l'on n'y a
eu lu que six articles formant la composition des Etats
vu que celuy des curés, art. 4, et celuy des nobles,
art. 6, nous a retenus longtemps. Sur celui des curés,
M. Etienne, de la cathédrale de Grenoble, a prononcé
un discours d'une heure et demie qui n'a paru à toute
l'assemblée que d'un quart d'heure par la raison qu'il
a etté et bien circonstancié et bien articulé d'autant
qu'il embrassait sy bien le parti des curés (cette por-
tion si précieuse à la nation), qu'on y a beaucoup applaudi... L'article 6 des nobles s'agissait de savoir sy
ceux qui avaient des propriétés non seulement dans le
Dauphiné mais dans d'autres provinces et qui n'auraient pas leur domicile en Dauphiné seraient éligibles.
On était assez d'accord que le domicile suffisait en
France et dans le Comtat-Venaissin, mais la contesta-
tion a etté s'y l'on pouvait ettre éligible dans deux
provinces. Sur quoy on a appelé les voix qui ont etté,
qu'ils ne pouvaient être députés dans les Etats que
d'une seule province et non de deux, après quoy l'on a

renvoyé la séance générale à quatre heures de l'après
midy.

« La séance de l'après midy dura depuis quatre
heures jusqu'à neuf heures, elle fut employée à lire
vingt-quatre articles composant la formation des Etats;
il en est peu qu'il n'y ait quelque individu qui n'y fasse
des réflexions et même souvent longues et ridicules,
puisque M. le président a etté obligé de dire à une
poignée de ces mêmes individus qu'après la proclamation générale, il ne pouvait regarder leur réclamation
opportune que partant des pertubateurs publics. La
continuation a été renvoyée au 26, à neuf heures du
matin.

« A la séance de ce matin 26, quoi qu'elle est duré
depuis neuf heures jusqu'à deux, il n'a etté fait lecture
que de neuf articles... L'article qui a passé le matin
aux voix, concernant la nomination des procureurs
généraux, sindics dans la commission intermédiaire
des Etats, gissait de savoir sy la noblesse nommerait
le Tiers et le Tiers Etat également. Mais l'assemblée
désirant qu'ils fussent tous les deux nommés par les
Trois Ordres, M. d'Orbanne, par un discours brief, a
décidé même les gentilshommes en disant que les procureurs généraux sindics étant mandataires des Trois
Ordres, que sy l'un était absent, l'autre devait y sup-
pléer; qu'en conséquence, il fallait que l'un et l'autre
ussent la confiance des Trois Ordres et qu'ils ne pouvaient l'avoir que par un choix général. Ce qui a passé
à la pluralité des voix. Il faut observer le tact, la finesse
et la souplesse de M. le président qui a dit : « MM. voicy
« ma réflexion : il faudrait agir comme aux Etats de 'Bre-
« tagne, qui est l'inverse de nos opinions, puisque le
« tiers y nomme le noble, et le clergé et la noblesse y
« nomment le tiers ». Dans la séance du soir on a été

également aux voix concernant les représentants aux Etats généraux. Il y a eu trois motions différentes : la première, est qu'il fallait être propriétaire, domicilié et élu dans chaque district ; la seconde, qu'il suffisait d'ettre propriétaire et domicilié , sans distinction de district, et la troisième, qu'il suffisait d'ettre propriétaire sans être domicilié. Après bien des observations pour et contre des voix appelées, la majorité a été pour la seconde motion. »

« *Du 27.* — La séance a finy par la nomination, à l'escrutin, du président des prochains Etats.

MM. de Vienne a eu...... 420 voix
  Louis de Bouillane .. 3
  Gabriel de Richaud.. 1
  M. de Viennois...... 7
  M. de Grenoble...... 4
  M. de Brienne....... 1 qu'on a dit : il faut brûler. »

Le compte rendu de Jacques Abel est le tableau le plus vivant qui nous soit parvenu des actes et des préoccupations des députés à l'Assemblée de Romans. L'œuvre des Trois-Ordres y est définie avec exactitude et nous y voyons en relief, en ce qui préoccupait avant tout la presque unanimité des représentants. Ce qui les intéressaient par dessus tout en effet c'était l'égalité de l'impôt et l'égalité politique. Avec quelle vivacité Jacques Abel constate l'empressement du président de l'Assemblée, l'archevêque de Vienne à signaler l'usage des Bretons de faire nommer des représentants, des nobles par le Tiers-Etat et ceux du Tiers-Etat par la noblesse ! L'idée de l'égalité était la passion de tous. Ce qui apparaissait encore dans l'œuvre des représentants, c'était leur volonté d'employer leurs

leurs efforts à remettre en vigueur les droits de la Province. Ils avaient eu une Constitution, ils voulaient la voir revivre : ils la réformaient et lui donnaient les idées d'égalité que les conditions nouvelles de la société avaient créées.

Le rôle de Mounier dans cette œuvre fut capital. Ce que les représentants désiraient était dans leur esprit et dans leur cœur à l'état d'imagination ou d'élan. Une inspiration, qui n'avait pas encore sa formule, les poussait. Mais par quelle expression déterminer leurs vœux ? Quelles institutions en amèneraient la réalisation ? Mounier leur apporta la formule qu'ils attendaient.

Nous l'avons déjà constaté, du jour où Mounier commence sa vie politique, il ne cesse d'être le secrétaire de tout et de tous : il est secrétaire de la noblesse et du Tiers Etat, à Vizille et à Romans, il rédige les représentations au Roi. C'est sa pensée qui, en toute occasion, devient la pensée des représentants. Il est le maître de leur esprit. On peut dire qu'il le gouverna avec une grande sagesse. Son œuvre serait sans reproche s'il n'avait peu à peu fait dévier les désirs des députés et ne les avait amenés à joindre à leurs ambitions toutes locales, la fatale ambition de réformer la France.

L'organisation des Etats du Dauphiné, en effet, les relations politiques de chaque classe de représentants, les droits respectifs dans les Assemblées, de chaque député, et pour la Province, ses droits dans le vote et la répartition des impôts, tout cela fut préparé par Mounier, et fondé sur des bases solides. Il sut, sans blesser aucune juste susceptibilité, établir l'égalité dans les rapports du Tiers-Etat et de la noblesse. L'égalité ne devait être encore que politique. Mais ne pénétrerait-elle pas aussitôt dans les relations personnelles ? Il faisait en même temps prévaloir l'idée que pour représenter le peuple, l'indépendance de la vie matérielle était la condition la plus certaine de l'indépendance morale : la propriété devenait la régulatrice du droit électoral. C'est sur ces bases que Mounier replaçait ensuite les droits réformés du Dauphiné : son droit d'avoir une Cour de justice souveraine, son droit de ne payer d'impôts que ceux qui auraient été acceptés dans les Etats. La Province avait été un Etat libre, Mounier la ramenait presque à son indépendance.

Cependant une singulière contradiction commençait à naître dans son esprit et du sien passait dans celui des députés. Tandis qu'on s'efforçait de ressusciter les *statuta*, les droits antiques, les vieilles libertés et qu'on disait au Roi : « Sire, vous avez reçu de vos ancêtres le Dauphiné dans des conditions certaines, respectez-les », on préparait la destruction de la Province et de toutes les provinces de France, et on allait à la formation d'une France « une et indivisible ». Les députés de Vizille et de Romans n'y pensaient pas et je crois n'y pensèrent jamais ; ils n'avaient pas un regard assez profond pour apercevoir dans les résolutions qu'ils arrêtaient, la destruction du Dauphiné, mais leur secrétaire, Mounier, l'élève de Byng, le voyait bien. C'est vers un pouvoir centralisateur, destructeur de leurs droits particuliers, qu'il conduisait ses compatriotes, en leur faisant faire une révolution pour affirmer les pouvoirs indépendants de leur province.

La pensée de Mounier sur ce point, capital dans son esprit, suit une marche ascendante bien curieuse.

« Sire, fait-il dire par l'Assemblée de Vizille, Sire, nous supplions Votre Majesté de retirer les nouveaux édits, de rétablir les tribunaux dans toutes leurs fonctions et de rappeler les magistrats du Parlement de Grenoble, qui, en résistant à vos ministres, ont mérité des éloges et non pas votre disgrâce.

« Nous le supplions de convoquer incessamment les Etats généraux et ceux de notre province.

« C'est dans les Etats généraux du royaume, Sire, que vos *sujets de Dauphiné* s'empresseront de donner l'exemple à leurs compatriotes, de l'amour et de la fidélité ! »

A Romans, Mounier fait dire au Roi par les députés : « Il importe au bonheur public, à votre Peuple, à Votre Majesté, que les provinces soient administrées, que leurs impôts soient répartis, que leurs privilèges soient défendus par leurs Etats particuliers. Mais les vrais principes de la monarchie, l'intérêt de l'Etat et la Majesté du Trône et de la nation, *exigent impérieusement que les délibérations générales* et surtout l'action de l'impôt soient exclusivement réservées aux États généraux du royaume.

A la seconde assemblée des Trois ordres à Romans, le 8 novembre, la pensée de Mounier s'accentue.

« La province du Dauphiné espère que V. M. mettra sa gloire à procurer à la France une constitution qui fasse respecter les droits du Monarque et protéger ceux de ses sujets et qui ne laisse plus d'obstacle au désir qu'elle a de rendre son peuple heureux. Le jour viendra sans doute où les Etats généraux, étant établis sur des principes stables et formés à la satisfaction de tout le Royaume, par un grand nombre de représentants librement élus, *les provinces pourront faire le sacrifice de quelques privilèges particuliers pour s'assurer la jouissance des droits nationaux.* »

Le désir de Mounier, de remplacer l'ancienne organisation de la France par provinces avec leurs privilèges traditionnels, par une organisation uniforme et
s'étendant sur tout le pays, reçoit enfin aux assemblées
toute son expression dans le mandat qu'il fait imposer
par les Etats de Romans, aux députés des Etats généraux.

« Dans le cas seulement, fait-il dire, où les Etats
généraux seraient composés de membres librement
élus, les députés du Tiers-Etat en nombre égal à ceux
du premier et du second ordre, les délibérations prises par ordres réunis et les suffrages comptés par tête,
l'Assemblée donne pouvoir et mandat spécial à ses députés de concourir par tous les efforts de leur zèle, à
procurer à la France une heureuse constitution qui
assure à jamais la stabilité des droits du monarque et
de ceux du peuple Français...

« Leur *défend de s'occuper des subsides, avant que
les principes et les bases de cette constitution soient
établis...* »

L'effort de Mounier dans cette voie s'était étendu au
delà du Dauphiné. L'occasion lui ayant été présen-
tée par les Etats de Béarn de soutenir ses idées de
constitution générale du Royaume, dans lesquelles s'a-
bîmaient les idées provinciales — l'unique raison de
la journée des Tuiles et de l'Assemblée de Vizille, —
il l'accepta avec précipitation (1). Les théories —

---

(1) La lettre de réponse contenait en *nota :* « Comme les
circonstances actuelles *exigeaient* qu'on répondît *prompte-
ment* à Messieurs les syndics généraux des Etats de Béarn,
on n'a pas cru pouvoir attendre la nomination des procureurs généraux syndics des Etats de Dauphiné, et plusieurs
citoyens ont pensé qu'il était important de saisir l'occasion
de répandre des principes propres à réunir tous les efforts
du Royaume vers un même but, celui de la félicité commune. »

théories généreuses, si l'on veut — commençaient à
gouverner ses actes. Le bien au jour le jour ne lui suffisait plus, et sans se demander ce qui était possible,
Mounier portait ceux qui le suivaient à la perfection.
C'était aller au rêve et à la ruine.

Les Etats de Béarn qui, presque en même temps que
les Dauphinois, avaient opposé une résistance coura-
geuse à l'arbitraire du Roi, étaient persuadés que leur
opposition devait rester locale et qu'ils devraient consacrer toutes leurs ressources à maintenir les droits et
les privilèges de leur province. Néanmoins, ils crurent
devoir interroger les Dauphinois qui avaient été à la
tête du mouvement et par leur audace et par leur sagesse.

Tout ce que nous avions fait en Dauphiné n'était-il
pas local, provincial ? La *journée des Tuiles* avait été
grenobloise, l'Assemblée de Vizille dauphinoise, dauphinoise aussi l'Assemblée de Romans. Les principes
que les députés avaient exprimés dans les lettres au
Roi, changeaient il est vrai la nature de la résistance,
mais ils étaient encore à peine indiqués et les clair-
voyants qui en devinaient les conséquences étaient bien
peu nombreux. Aux yeux des Etats de Béarn on ne devait pas aller plus loin, et c'était assez faire pour la
Patrie que de ramener l'ordre et la justice dans leur
province. Mounier répondit et fit répondre au nom des
Dauphinois par une déclaration qui sacrifiait les droits
des Dauphinois et annonçait les droits du peuple Français :

« *Il est très vrai que le Dauphiné dans ses Etats
provinciaux accordait les subsides au monarque ;* il est
très vrai que ses chartes auraient pu lui fournir des
prétextes plausibles pour refuser d'envoyer des représentants aux Etats généraux et de se soumettre aux impôts accordés, à la pluralité des suffrages, par les dé-

putés de toutes les parties du royaume ; mais heureusement le *Dauphiné n'a pas cru qu'il lui fût avantageux de se séparer de la nation, dans le moment où
elle délibère sur ses plus grands intérêts.*

« Pour jouir de nos *droits nationaux nous ne devons
retenir de nos privilèges particuliers que ceux qui ne
peuvent nuire au bonheur de nos concitoyens, et nous
devons voir notre patrie dans la France entière. Ne
formons plus qu'une même famille. Béarnais, Bretons, Dauphinois, faisons-nous gloire d'être français,
remplissons-en les devoirs, et volons au secours de
notre patrie.* »

Quel chemin depuis la protestation de la noblesse, le
11 mai, contre l'enregistrement forcé des édits ! Quelle
suite d'idées plus audacieuses les unes que les autres !
Et chacune d'elles est accueillie, développée, acclamée,
et en enfante de plus hardies encore. Aucun pouvoir
modérateur n'intervient. L'esprit public est abandonné,
il n'y a plus d'autorité, au point que les modérés eux-
mêmes, comme Mounier, peuvent avancer dans le changement, dans la destruction, dans la modification, au
gré de leurs idées. Mounier fut un sage, et, après six
mois d'effort politique, il en arrivait à demander la destruction de l'organisation politique du pays !

CHAPITRE VII.

L'Assemblée de Romans avait décidé, avant de se séparer, de se réunir au mois de novembre. Elle avait ainsi fixé au Roi, de son autorité personnelle, le délai dans lequel il devait avoir approuvé le plan de constitution des Etats. Tout se faisait, de la part des députés, avec quelque hauteur à l'égard du gouvernement de Versailles. On lui imposait, sous forme de résolution, ce qu'il avait demandé sous forme de conseils. Versailles semblait trouver naturel ce dédain : il obéissait.

L'Assemblée du mois de novembre devait avoir, dans la pensée des députés, la simple fonction de recevoir l'approbation qui aurait été donnée par le Roi au *Plan de la Constitution*. Ce fut en effet la raison principale de sa convocation. Le Conseil royal renvoya le *plan* : il l'avait légèrement modifié dans quelques parties. Les députés relurent en commun leur projet, le trouvèrent bon, et déclarèrent que, malgré les changements qu'on lui avait fait subir, ils le maintenaient tel qu'ils l'avaient formulé : ils prirent la peine d'expliquer les motifs de leur préférence. C'était une simple formule de politesse : leur volonté était arrêtée, ils étaient maîtres chez eux et entendaient qu'on le reconnût.

Cependant, le ministre de Louis XVI, Necker, demanda aux députés dauphinois un grave conseil. Fût-ce impuissance de son esprit ou fol amour de la popularité ? il leur demanda leur avis sur la manière d'assembler les Etats généraux ! On reste confondu devant une question pareille posée par un ministre dirigeant! Quoi! on annonce la réunion des réprésentants du pays tout entier, et le pouvoir qui les rassemble ne sait pas les principes suivant lesquels il doit le faire! Il peut les réunir en se conformant aux anciens usages, et alors pourquoi chercher la solution ailleurs que dans les archives? Les temps ont marché et des changements considérables doivent être faits aux vieilles traditions, alors pourquoi ignorer. lui et ses conseils naturels, ce qu'exigent les temps nouveaux ! Son ignorance devait l'écarter du gouvernement. Necker était un financier : il n'était pas homme d'Etat, Il n'entendait rien à la direction des peuples. Jamais encore on n'avait vu le pouvoir royal faire un pareil abandon de ses prérogatives et. sur un point essentiel de gouvernement, faire l'aveu public de son incapacité. N'était-ce pas aussi jeter dans l'esprit public une cause irritante de discussion et de division ? Chacun entendrait à sa manière la solution du problème, chacun créerait dans son esprit une constitution politique et formerait le plan qui sauverait la France. L'anarchie devait être le premier fruit d'une question pareille. On eut le chaos !

Quoi qu'il en soit, l'Assemblée des Trois ordres, au mois de novembre à Romans, répondit aux demandes qui lui étaient faites. Mounier fut le rédacteur de la réponse. Il dégagea avec netteté les principes qu'il avait fait pénétrer dans l'esprit des députés et il les formula avec précision :

« Les Trois ordres du Dauphiné, fait dire Mounier aux députés, partagent la reconnaissance que vous doit tout le royaume, ils croient répondre à vos vues bienfaisantes, en présentant à Votre Majesté, sur les Etats généraux, plusieurs principes essentiels, qu'ils considèrent comme les seules bases sur lesquelles puisse reposer la félicité publique ;

« Ces principes sont l'élection libre des représentants ;

« Leur nombre supérieur à celui de tous les précédents Etats généraux ;

« L'égalité du nombre entre les députés du premier et du second ordre réunis et ceux des communes ;

« Toutes les délibérations prises par les Trois ordres réunis et les suffrages comptés par tête. »

L'Assemblée des Trois ordres finit sur cette déclaration. Les Etats du Dauphiné allaient être convoqués !

Cependant, le 12 octobre, avait eu lieu, à Grenoble, la rentrée du président M. de Bérulle. La déclaration du Roi qui avait convoqué les Etats généraux, avait aussi rétabli les tribunaux dans leur ancien état. C'était pour les Dauphinois une victoire complète. La joie fut immense : partout, à Grenoble, elle éclata dans des manifestations extraordinaires de contentement. Plus que les autres villes, elle obtenait, dans ce triomphe et le maintien de son Parlement, la satisfaction de ses aspirations politiques. Elle décida de fêter la rentrée du Parlement à qui elle devait ces résultats.

Le 11 octobre, on annonça tout à coup que le lendemain le premier président, M. de Bérulle, rentrerait à
Grenoble. « Le grand jour venu, les trois compagnies
d'ordonnance entendirent une messe en musique,
qu'elles font dire dans l'église des Frères prêcheurs,
montent à cheval et se mettent en marche, précédées de
leur musique. C'étaient celles de la garnison, mises à
leur disposition. La musique du régiment d'Australie
allait devant les grenadiers, celle de Royal la Marine
devant les chasseurs. La troisième compagnie avait
des trompettes. On s'avança ainsi de trois lieues, jusqu'au bourg de Voreppe. Le premier président n'y fut
qu'assez tard dans l'après-midi, à trois heures et demie. Il était cependant parti de Vaulx de grand matin. Mais le moyen d'aller vite au milieu de cette
affluence de monde, partout à se presser, à l'acclamer,
à lui offrir des fleurs et des compliments !

« Depuis Rives surtout, sa marche avait été retardée
par l'empressement du peuple à le voir, et par les té-
moignages multipliés qu'il recevait à chaque pas de
l'amour et de la satisfaction universelle. Dans chaque
bourg ou village, il trouvait des compagnies sous les
armes, des arcs de triomphe élevés, des feux de joie
allumés, une foule heureuse, accourue des campagnes
voisines, et qui se pressait sur son passage, pour jouir
au moins un instant de sa présence. Des larmes de
joie et d'attendrissement roulaient de tous les yeux, et
ceux qui connaissaient la sensibilité de M. de Bérulle,
jugeront aisément si les siens étaient secs.

« En arrivant à Voreppe, où s'était formée de même
une troupe de cavalerie qui alla le chercher jusqu'à
Moirans, il fut reçu et complimenté par celle de Grenoble. Là commença un ordre de marche très impo-
sant et qui ne fut plus interrompu jusqu'à l'hôtel de
la première présidence.

« Les grenadiers, précédés de leur musique, se mirent à la tête. Après eux, venait la musique des chasseurs, et immédiatement après, la voiture du premier président. Quatre officiers, l'épée nue à la main, marchaient aux portières. Les chasseurs suivaient sur deux lignes, tous, ainsi que les grenadiers, le sabre à la main. La cavalerie des faubourgs, précédée de trompettes, fermait la marche.

« Au Fontanil, nouvelle troupe sous les armes, nouveaux feux de joie, de la foule qui venait toujours plus nombreuse et qui, à mesure qu'on approchait de Grenoble, ne permit plus aux chevaux que d'aller le plus petit pas. Le chemin tracé au pied et, dans quelques endroits, sur le flanc des montagnes, offrait de grandes facilités à cette multitude immense de spectateurs. Le vaste amphithéâtre fourni par la pente naturelle des coteaux, les terrasses, les fenêtres des maisons situées sur la route, tout était comblé de monde.

« Les habitants de la Buisserate, aussi sous les armes, avaient orné leurs chapeaux de branches de laurier. De jeunes enfants, vêtus de robes blanches, avec des guirlandes de fleurs, vinrent présenter à M. de Bérulle, avec un gâteau en forme de dauphin, une couronne de branches de laurier et d'olivier, entrelacée avec des roses. Leur compliment fut simple et naturel, plein de sentiment et d'ingénuité, et parfaitement analogue à leur âge.

« La foule croissait toujours. Toute la ville, toutes les campagnes voisines s'étaient portées sur le grand chemin. Les applaudissements, les battements de mains, les cris de *vive le Roi, vive le Parlement, vive M. de Bérulle !* redoublaient au point qu'il n'était plus possible d'entendre ni les musiciens, ni les décharges de la mousqueterie qui continuaient à se faire surtout au passage de chaque village. Seulement quelques boites

placées entre les rochers et dont le son était renvoyé
au loin par les échos, se faisaient distinguer au milieu
de ce concert de bruyantes mais flatteuses acclamations. Ce fut ainsi qu'on arriva aux portes de Grenoble vers les six heures du soir »(1).

Une fois dans Grenoble, M. de Bérulle parcourut la
ville accompagné d'une procession triomphale et, arrivé
chez lui, il reçut jusqu'à une heure très avancée dans
la nuit les compliments de toutes les personnalités du
Dauphiné. Les démonstrations de joie, de fête, de vé-
nération avaient été extraordinaires.

Ce fut là la partie sentimentale des acclamations
que la reconnaissance des grenoblois réservait au Parlement. D'autres manifestations se préparaient. Les
magistrats revinrent l'un après l'autre de leur exil.
Le 20, ils se réunirent pour reprendre séance dans
ce palais d'où la Révolution qui les ramenait était
sortie. Ce fut ce jour-là que les Corps constitués
de Grenoble vinrent exprimer leur opinion sur les événements auxquels on avait assisté, et dont celui qu'on
fêtait était l'un des plus surprenants. Les boutiques
chômèrent, et, l'une après l'autre, les députations défilè-
rent devant la Cour, en apportant avec leur félicitation,
leur hommage. Tous les discours rappelèrent le dévouement, la fière résistance, les réclamations répétées
des magistrats en faveur des droits du Dauphiné. Mounier devait ici encore exprimer le mieux, avec le plus de
concision et de vérité, le sens de tout ce qui avait suivi
l'exil du Parlement. Ce fut lui qui formula la pensée
du Dauphiné : il dégagea l'Assemblée de Vizille
de tout intérêt mesquin et étroit. « Monseigneur, dit-il
aux magistrats au nom de la Cour commune de Greno-

(1) *Récit de ce qui s'est passé à Grenoble, lors de la rentrée du Parlement*. Bibliothèque de Grenoble.

ble, on a vu souvent les cours souveraines, pour l'intérêt du Monarque et de ses sujets, résister avec fermeté aux abus du pouvoir ; mais il *était réservé aux magistrats de ce siècle d'appeler la nation au soutien de ses droits et de les réveiller d'un long assoupissement !* »

Les acclamations du dehors firent écho, toute la journée, à ces manifestations de sentiment et de reconnaissance. Le soir, la ville entière était illuminée. Ce fut, hélas ! l'une des dernières fêtes publiques de Grenoble. Le Parlement tomba bientôt dans l'indifférence ; les esprits étaient de plus en plus occupés des grands problèmes que la *Journée des Tuiles* avait réussi à faire poser dans la France entière.

Les Etats de Romans se réunirent, conformément au plan de la constitution, le 1er décembre. Ce n'était plus cette assemblée nombreuse, libre dans son allure, maîtresse, si l'on peut dire de son ordre du jour que nous avons vue à Vizille et à Romans. Le nombre des représentants était désormais réglé, la forme des délibérations et des votes était fixée, et on allait décider sur des questions presque toutes arrêtées d'avance ! Les préoccupations du moment donnaient cependant à la réunion des Etats, un intérêt exceptionnel. Le grand problème qui se posait aux Etats était celui du mandat des députés aux Etats généraux. Dès le 9 décembre, on avait à nouveau exposé dans une lettre à M. Necker, les principes suivant lesquels l'assemblée des représentants de la France entière devait être réunie et ensuite être appelée à délibérer. Mais le point délicat était de savoir, quelle que fût la forme de la délibération, les points sur lesquels les députés du Dauphiné auraient à délibérer. On arrivait au moment des résultats. Quelles idées, quelles mesures, quelles réformes les Dauphinois feraient-ils prévaloir ?

Mounier rédigea les termes du mandat. Il avait jusque-là tout préparé, il apporta lui-même les conclusions de tout l'effort de Vizille et de Romans ; il mit dans les pages suivantes la pensée même qu'il avait aidé à faire éclore par tout le Dauphiné.

« L'Assemblée qui doit se conformer aux principes consignés dans la lettre écrite au roi par les Trois ordres de la province, le 8 novembre dernier, et dans la délibération prise par les Etats, le 9 de ce mois, plus que jamais persuadée de leur justice et de leur importance pour le bonheur de la nation, donne pouvoir aux personnes qui seront choisies par la voie du scrutin, de représenter la province dans les Etats généraux du royaume, en tant qu'ils seront composés de membres librement élus,

« Leur défend de délibérer séparément,

« Leur donne mandat spécial d'employer tous leurs efforts pour obtenir que les députés du Tiers-Etat soient en nombre égal à ceux du premier et du second ordre réunis ; que les délibérations soient constamment prises par les Trois ordre réunis, et que les suffrages soient comptés par tête, sans qu'ils puissent voter sur aucune proposition, avant que ces formes n'aient été définitivement arrêtées, l'assemblée déclarant qu'elle désavoue ses députés, et leur retire ses pouvoirs s'ils contreviennent au mandat ci-dessus.

« Et dans le cas seulement où les Etats généraux seraient composés de membres librement élus, les députés du Tiers-Etat en nombre égal à ceux du premier et du second ordre, les délibérations prises par ordres réunis et les suffrages comptés par tête, l'assemblée donne pouvoir et mandat spécial à ses députés, de concourir, par tous les efforts de leur zèle, à procurer à la France une heureuse constitution, qui assure à

jamais la stabilité des droits du monarque et de ceux
du peuple Français .

« Qui rende inviolable et sacrée la liberté personnelle de tous les citoyens,

« Qui ne permette pas qu'aucune loi soit établie
sans l'autorité du prince et le consentement des représentants du peuple, réunis dans des assemblées nationales, fréquentes et périodiques,

« Qui ne permette pas que les ministres, les tribunaux et aucun des sujets du monarque puissent violer
les lois impunément ; qu'il soit fait aucun emprunt direct ou indirect, et qu'aucun subside soit perçu, sans
le libre consentement des Etats généraux, en préférant
les genres d'impôts et de perception les plus compati-
bles avec la liberté publique et individuelle, et les plus
susceptibles d'être également répartis sur tous les
citoyens.

« Leur donne, de plus, mandat spécial de procurer
la réforme des abus relatifs aux tribunaux et à l'administration de la justice.

« Leur défend de s'occuper des subsides, avant que
les principes et les bases de cette constitution soient
établis, à moins que les circonstances n'exigent impérieusement des secours extraordinaires et momenta-
nés. Leur recommandant, lorsque ces bases seront
fixées, de chercher tous les moyens propres à rétablir
l'ordre et l'économie dans les finances ; de prendre
une connaissance exacte des besoins de l'Etat et de la
dette publique, afin d'y proportionner les sacrifices
que la gloire du trône , l'honneur français et le salut
de la nation pourront rendre nécessaires.

« Leur défend encore d'accorder aucun impôt pour
un temps illimité, sans que le terme de l'octroi puisse
excéder l'intervalle d'une assemblée d'Etats généraux
à la suivante.

« L'assemblée déclare qu'en tout ce qui n'est pas restreint et limité par le mandat ci-dessus, elle s'en rapporte à ce que les députés estimeront en leur âme et conscience pouvoir contribuer au bonheur de la patrie, ne doutant pas qu'ils ne soient toujours dirigés par la justice, la modération, la fidélité envers le roi, le respect des propriétés, l'amour de l'ordre et de la tranquillité publique.

« Il leur sera remis des instructions sur quelques objets particuliers.

« Et comme rien de ce qui peut intéresser la dignité de l'homme ne saurait être indifférent à cette assemblée, en respectant la juste prérogative de la préséance du clergé et de la noblesse, elle défend à ses députés de consentir aux distinctions humiliantes qui avilirent les communes dans les derniers Etats généraux de Blois et de Paris.

« L'assemblée déclare de plus que n'ayant eu, pour confondre les intérêts du Dauphiné avec ceux du reste du royaume, d'autre but que celui de la félicité commune, elle réserve expressément les droits de cette province, dans le cas où des obstacles imprévus ne permettraient pas aux Etats généraux de prendre les résolutions salutaires qu'elle a droit d'en espérer »(1).

Le mandat était précis sur les questions relatives à la constitution de la France, que les Dauphinois regardaient comme fondamentales: il abandonnait l'inconnu, qui éclate dans les assemblées les mieux concertées, à la sagesse des députés !

Nous avons indiqué plus haut quelle déviation l'esprit de Mounier avait fait subir aux ambitions du Dauphiné. La formule de ce mandat est l'expression même

(1) *Procès-verbal*, p. 118.

des idées générales de l'admirateur de la constitution anglaise. Qui chercherait dans cette terminaison des assemblées de Vizille et de Romans les causes qui furent leur raison d'être, ou les idées qu'on désirait, avant tout, faire prévaloir à la délibération du 14 juin à Grenoble et à celle du 21 juillet à Vizille, ne les y trouverait plus. Il ne s'agit plus des Etats du Dauphiné, il s'agit de la constitution politique de la France.

CHAPITRE VIII

La réunion des Etats avait fini sur deux incidents.
Le premier était tout à l'honneur de Mounier. Les députés, témoins de son savoir politique, de son travail
obstiné et de sa sagesse, avaient résolu de lui
donner une preuve solennelle de gratitude, et ils l'a-
vaient élu par acclamation le premier représentant du
tiers aux Etats généraux. L'hommage était bien dû.
S'il surprit la timidité de Mounier, le secrétaire des Etats
put s'affirmer à lui-même que nul plus que lui, et avec
autant d'habileté. n'avait travaillé pour la province.
Le second incident était d'un autre genre. Ce fut le
premier acte d'aveuglement des classes privilégiées,
de cet aveuglement qui les conduisit à l'abime.
Si l'on remarque en effet l'attitude du clergé et de la
noblesse dans chacune des circonstances politiques où
nous les avons rencontrés, nous les voyons unis, liés ensemble en quelque sorte, non par le même hasard,
mais par une volonté réfléchie. Le clergé et la noblesse,

lorsque le pouvoir royal ou ses représentants veulent les séparer du Tiers-Etat, avant l'Assemblée de Vizille et avant la première réunion de Romans, s'y refusent avec énergie. Ils déclarent qu'ils ne font qu'un avec le Tiers-Etat et que leur cause est indissoluble (1). L'union parait encore plus forte, à Vizille, lorsque le clergé

---

(1)   Grenoble, 6 juillet 1788.

COPIE de la lettre écrite le 6 juillet, par les GENTILS-HOMMES qui se sont trouvés à Grenoble, à Monsieur DE LA BOVE, Intendant de Dauphiné.

Les Gentilshommes qui se trouvent, Monsieur, dans ce moment-ci à Grenoble, vinnent d'apprendre qu'on a affiché un imprimé portant pour titre: *Arrêt du Conseil, etc.* En ayant pris lecture, ils ont pensé, d'après l'opinion générale, que cet Arrêt n'était point revêtu des formes qui doivent en constituer la légalité; et que portant défenses de s'assembler, il est contradictoire avec la parole positive que le Ministre a fait donner à nos Députés, par un Gentilhomme distingué de la Province. Il nous a fait assurer que le Roi conserveroit nos Privilèges, qu'il accorderoit nos Etats; il nous en a fait demander un plan, d'accord avec tous les ordres. C'est en exécution de cette parole donnée, et pour pouvoir satisfaire à cette demande, que nous avons nommé des Commissaires pour correspondre avec ceux du Clergé et du Tiers-Etat; c'est en exécution de cette parole donnée, que nous comptons nous assembler, pour connoître le vœu de la Province entière. *Il est de la loyauté des Gentils-hommes de Dauphiné, de ne traiter rien sans la participation des deux Ordres; comme il est de principe et de toute justice de ne disposer de la propriété de personne sans son consentement, et d'écarter la prétention même de faire le bien par des voies arbitraires.*

Nous vous prions, Monsieur, de faire réflexion à l'effet que cet Arrêt peut produire dans les circonstances malheu-

et la noblesse consentent, pour établir l'unanimité des revendications de l'Assemblée, à voter par tête et à voir le nombre des représentants du Tiers égaler le nombre des députés ecclésiastiques et nobles. Cette attitude marquait de la part des deux ordres privilégiés une étonnante prévoyance : ils avaient le sentiment que le temps avait usé les droits en vertu desquels leurs privilèges avaient été fondés, et qu'une ère sociale nouvelle allait naître. La facilité avec laquelle ils abandonnèrent leurs prérogatives montre qu'ils avaient vu l'aurore des temps nouveaux. Pourquoi leur vue s'obscurcit-elle à la première heure ?

Les Etats de Romans avaient à peine, le 16 janvier, clos leur séance, que des dissidents, à qui le courage

reuses où nous nous trouvons ; dans un moment surtout, où nous nous empressons de soulager la classe indigente ; où nous tâchons de concourir au maintien de l'ordre dans la Province, et de faire connoître au Roi, par son Ministre, les moyens d'y parvenir. C'est en voulant bien y contribuer, Monsieur, que notre reconnoissance vous sera justement acquise.

Nous avons l'honneur d'être,
Monsieur,
Vos très humbles et très obéissants
serviteurs.

Signé : des Adrets, de Revol, Rostaing, Vanterol, Ponnat, le marquis de la Tour-du-Pin-Montauban, de Léautaud-Montauban, Blacons, Colombier, Plan-de-Sieyes, le chevalier de Dolomieu, le chevalier de Pina, Gilliers, le vicomte de Chabons, le chevalier du Bouchage, le chevalier de Pisançon, le comte de Chabons, Chastelard, Pina-Saint-Disdier, Morard-d'Arces, la Valette père, de Saulcy, le marquis de Veynes, Longpra-Fiquette, Doriac, la Valette fils, Baronnat.

avait manqué pour fonder dans le sein de l'Assemblée, un parti décidé d'opposants crièrent à l'erreur et à la fraude. Le prétexte de l'opposition qu'ils mirent en avant devant l'opinion publique, fut que les élections aux Etats généraux n'avaient pas été loyales. Le motif réel fut que les meneurs des opposants n'avaient pas été élus députés. Ils étaient en petit nombre. Aussitôt ils essayèrent de former un groupe de quelque importance. Ils circonvinrent plusieurs membres de la noblesse, esprits étroits et chagrins et qui n'avaient accepté qu'à regret l'égalité politique avec les représentants du tiers. Il fut singulièrement facile de leur persuader que cette égalité était le commencement de la destruction du monde, que la disparition des droits particuliers du Dauphiné assurerait la perte de leurs droits personnels et qu'enfin la perspective de remplacer, ainsi que l'avait décidé les Etats, les avantages réels qu'eux, nobles, possédaient, par une compensation d'une forme indéterminée , annonçait des troubles pires que ceux qui avaient marqué les agitations de l'année 1788.

La crainte rassembla autour des dissidents un nombre appréciable de députés. L'archevêque d'Embrun était parmi eux ; s'il leur apporta l'éclat de son titre, il ne releva pas le prestige des nouveaux partisans par une réputation d'esprit et d'urbanité. C'est lui qui, énumérant devant un officier de dragons, les vraies raisons du parti des dissidents, disait : « Si toutes les réformes qu'on a annoncées sont faites, nous sommes f.... » A quoi l'officier répondit : « Puisque Monseigneur vient de parler en officier de dragons, je vais lui répondre en prélat. »

Une fois rassemblés, les dissidents voulurent obtenir du Roi l'invalidation des députés aux Etats généraux et la tenue de nouveaux Etats pour procéder à de nouvelles élections. Ils manœuvrèrent assez bien pour qu'au commencement du mois de mars, les représentants, à Versailles, de la Commission intermédiaire (1) qui, en l'absence des Etats du Dauphiné, exerçait ses pouvoirs, dussent lui écrire qu'elle eût à faire parvenir au plus tôt au Roi, et par des personnes autorisées, une réponse décisive aux prétentions des dissidents. M. de la Blache, M. le marquis de Viennois, M. de Virieu, se rendirent successivement à Versailles. En outre, le 25 mars, la Commission envoyait, rédigé de la main de Mounier, un exposé complet des conditions dans lesquelles chaque chose s'était accomplie aux élections des députés. Rien ne semblait y faire : ni l'influence des trois représentants de la Commission, gentilshommes de grande autorité, ni la clarté et la force des réponses. La cause se trouva à ce point compromise, qu'on jugea nécessaire d'envoyer à Versailles Mounier, le guide des Trois ordres dans tout ce qui s'était fait aux assemblées. Mounier partit précipitamment... Quand il arriva, la cause des Etats était gagnée.

Le Conseil du Roi avait enfin déjoué les audacieuses menées des dissidents, et l'œuvre des Etats était consacrée par un arrêt.

Le séjour de Mounier à Paris fut court. Cependant,

---

(1) La Commissoin intermédiaire remplaçait les Etats en leur absence. L'art. XXX de la Constitution disait : « Les Etats éliront parmi leurs membres deux personnes du clergé, quatre de la noblesse et six du Tiers-Etat, y compris les deux Procureurs généraux, syndics. Ces douze personnes, avec le secrétaire, formeront la Commission intermédiaire ; les membres de cette commission seront choisis de manière qu'il s'y trouve des députés de chaque district. »

l'archevêque de Vienne qui avait présidé les Etats de Dauphiné avec un tact parfait, et qui avait conquis à son nom une popularité universelle, crut devoir présenter le secrétaire des Assemblées à Louis XVI. Le Roi les reçut et dit au prélat : « je vous remercie d'avoir sauvé le Dauphiné. » « Sire, ce n'est pas moi, répondit l'archevêque, en montrant le secrétaire des Etats, c'est notre secrétaire général. » L'opinion publique, à Paris, partageait le juste sentiment du Prélat. Le nom de Mounier était, à cette époque, et surtout depuis son arrivée dans la capitale, prononcé par toutes les bouches : chacun louait l'énergie et la prudence d'un esprit aussi ferme et aussi sage. C'était à lui qu'on faisait remonter la cause des réformes qu'on annonçait et qui allaient compléter les changements déjà si grands apportés dans la direction du pays. Le voyage à Paris fournit ainsi à Mounier l'occasion de voir que son œuvre avait, en France, la popularité qu'elle avait excitée en Dauphiné. Fortifié par ce spectacle, il revint en toute hâte à Grenoble, pour surveiller la première distribution d'une brochure qui était, à ses yeux, le programme des Etats généraux.

La brochure que Mounier avait achevée au commencement du mois de mars, avant son départ pour Versailles, portait pour titre : *Nouvelles observations sur les Etats généraux de France.* Quel était l'état de la France à la veille des Etats ? Que devrait-il être le lendemain ?

Mounier définissait ainsi la France à l'heure où il écrivait : « Les Français auront donc mérité les reproches de leurs descendants s'ils ne parviennent pas à dissiper ce chaos où chaque ordre, chaque province, chaque corps, chaque individu, invoquent des privilèges et des titres, où la liberté est sans cesse froissée

dans le choc des prétentions diverses... où les droits
des hommes n'ont d'autre appui que la douceur des
mœurs et les lumières du siècle. » Le tableau d'ensemble était fidèle. Mounier peignait ensuite dans le
détail, l'incohérence, les faiblesses, l'indécision de chaque chose et il établissait que l'arbitraire seul avait eu
de la suite et de l'énergie depuis plus d'un siècle.
Mais par quelles institutions le détruire et comment
arranger chaque institution dans un ensemble harmo-
nieux ? Nous connaissons déjà les idées de Mounier.
Celles qu'il développait dans la brochure étaient les
mêmes que celles qu'il avait fait prévaloir dans l'Assemblée de Romans. Supprimer les droits particuliers
des provinces, instituer un régime législatif général
pour tous les pays de France, déclarer le roi chef suprême
des institutions, c'était son rêve. Les personnes devaient contribuer à le réaliser en abandonnant de leurs
droits, moyennant de justes compensations, tout
ce qui pouvait empêcher l'uniformité du pays. Les
principales institutions à créer devaient chacune d'elles
être séparées. C'étaient la royauté, le pouvoir législatif, le pouvoir judiciaire. Les tribunaux auraient une loi commune à appliquer, et cette loi
serait faite sous la sanction de l'autorité royale par
deux Chambres. Mais par quelles voies arriverait-on
à donner à la France cette organisation ? Là était le
point difficile du débat. Il ne suffisait pas d'apporter
des réponses justes, il fallait en faire pénétrer la justesse dans l'esprit des députés qui sous peu se ren-
draient aux Etats généraux. Le ton de la brochure de
Mounier, d'une allure vive, ardente, et parfois d'un
accent éloquent, était capable d'émouvoir l'esprit
des représentants. Il résolvait sans hésitation les
questions en suspens ! Toute l'œuvre accomplie
en Dauphiné reparaissait : pas de mandat impé-

ratif pour les députés, le mandat seul de créer une
constitution et de mettre le peuple en possession de
voter par ses élus les impôts publics, et après ce grand
devoir, la liberté la plus large pour discuter toutes
les institutions, toutes les améliorations, toutes les réformes. Le vote sur les points débattus devrait être
fait par tête : « le jour même, disait-il, où l'on adoptera
la délibération par tête, doit être un jour d'allégresse
pour la France entière. » Mounier mettait dans ce vœu
le plus vif de ces désirs parce que c'était de sa réalisation que dépendait l'achèvement de toutes ses espérances. La vivacité même des expressions qu'il
employait pour le formuler, témoigne de la crainte
qu'il ressentait de ne pas le voir réaliser sans grandes
difficultés. Son triste pressentiment ne le trompait
pas.

CHAPITRE IX

La discussion sur la manière dont les Etats généraux voteraient et sur les points politiques qu'ils auraient à résoudre, fut très vive en France à partir du
1ᵉʳ janvier 1789. Les journaux n'existaient pas ou
ceux qui se publiaient n'avaient d'autre rôle que de
fournir de courtes nouvelles à leurs lecteurs. A peine
quelquefois résumaient-ils les querelles. Mais si les
gazettes, comme on les nommait alors, ne servaient
pas d'expression à l'opinion publique, en revanche,
les brochures inondaient le pays. Tout homme qui
pensait écrivait un libelle; on en publiait dans presque
chaque ville.

Le signal de la polémique fut donné par les
questions que Necker avait adressées au pays. Nous
avons signalé ce qu'il y avait d'étrange dans cette consultation sur l'art de gouverner demandée par un premier ministre à l'opinion publique. C'était aussi une
consultation dangereuse. Le péril eût apparu dès le
premier jour aux yeux d'un ministre éclairé ou d'un Roi

intelligent. De toutes parts, les polémiques éclatent. Nul ne la commença avec plus de vivacité que le ministre disgracié Calonne. Pour lui, c'était l'existence même de la monarchie qu'on mettait en discussion dans les discussions qu'on provoquait sur la fonction et le rôle des Etats généraux. Le chef d'une nation doit toujours savoir ce qu'il a à faire. A la suite de Calonne, une multitude d'écrivains soutinrent, avec les prérogatives royales, les droits privilégiés des deux premiers ordres. Les droits du clergé et de la noblesse étaient la sauvegarde des prérogatives du Roi. C'est sur cette question entre toutes que la France se passionna. L'opinion publique aurait accepté comme l'avaient accepté les Dauphinois, q e la noblesse et le clergé gardassent dans la hiérarchie sociale une place purement honorifique : elle ne voulait que l'égalité des droits ; elle aurait laissé subsister à l'état de corps séparé les ecclésiastiques et les nobles à la condition que ces Corps n'auraient désormais, dans la réalité de la vie, aucun privilège, aucune exception, aucune faveur. Mais dès l'instant où les défenseurs des deux premiers ordres réclamaient contre cette égalité civile et politique, le pays ne voulut plus même laisser subsister dans les lois une différence sociale. Les réponses aux brochures des deux classes, devinrent en peu de temps d'une extrême violence. Puisque les privilégiés ne voulaient pas accorder l'égalité qu'on demandait, on demanda même la suppression des distinctions nominales qu'on n'avait pas songé à détruire.

C'est dans cet état d'esprit que les Etats généraux s'ouvrirent à Versailles le 5 mai 1789. Chaque province avait envoyé ses députés. Dans quelques endroits, les élections avaient été faites suivant la libre impulsion des opinions nouvelles : un groupe désintéressé avait réglé le mouvement. Il en avait été ainsi surtout pour *t*

la nomination des représentants du Tiers-Etat. Tou
autre avaient été les élections de la noblesse et du clergé:
l'esprit de parti y avait eu une grande part. On vit
arriver à Versailles, comme députés des deux ordres,
presque tous, des hommes sans études, sans expérience,
sans aucun art de la parole. Le clergé ne comptait aucun
orateur, la noblesse en eut deux, Cazalès et Clermont-Ton-
nerre. « Il y avait, dit un contemporain, M. de Levis(1),
il y avait dans cette mémorable assemblée un assez
grand nombre d'hommes d'esprit distingué, mais la très
grande majorité était évidemment médiocre sous tous
les rapports. Et ce n'était pas seulement dans la classe
des curés, que M. Necker, par une désastreuse politique, et en contradiction formelle aux anciennes
constitutions du royaume, avait jugé à propos d'introduire en foule dans la députation du clergé. On ne pouvait pas attendre beaucoup de lumière de ces pasteurs,
en général plus respectables qu'éclairés, étrangers, par
leurs fonctions, aux affaires et à l'administration ; il
était même naturel qu'ils fussent séduits par la faconde
astucieuse des novateurs qui leur parlaient et l'intérêt
du peuple auquel ils tenaient par la naissance et par
les liens si puissants de la bienfaisance et de la cha-
rité. Des hommes simples et honnêtes devaient être
entraînés par de tels motifs. Mais il est surprenant que
dans un siècle où l'instruction était aussi répandue et
chez une des nations les plus spirituelles de l'Europe,
on ait choisi dans la noblesse et dans le Tiers-Etat tant
de gens ignorants et incapables ; aussi lorsqu'on porta
la liste réunie de toutes les nominations au baron de
Breteuil, ministre de la maison du Roi, département
dont les attributions étaient, à peu de choses près,

(1) *Souvenirs et Portraits* 1780-1789, par M. de Levis,
p. 228.

semblables à celles du ministre de l'intérieur, il s'écria
avec beaucoup de raison : « Qu'aurait on dit des ministres du Roi s'ils eussent fait de pareils choix ! »

La médiocrité des députés se révéla dès les premiers jours : elle éclata partout ; dans le gouvernement
qui ne sut plus, lorsqu'il se trouva en présence des
Etats généraux, que commander ou que résoudre ;
dans la noblesse, par la sotte fierté avec laquelle elle
accueillit les propositions du Tiers de voter par tête ;
dans le clergé, par l'hésitation qu'il montra à suivre
ou les idées du Tiers ou les prétentions de la noblesse ;
dans le Tiers enfin par l'incertitude de sa marche.
On vit alors un spectacle étonnant. Necker, qui n'a-
vait rien décidé et qui ne savait rien vouloir sur la
question du vote par ordre ou par tête, abandonna la
solution des difficultés aux compétitions des partis.
Les Trois ordres, préoccupés de faire prévaloir leurs
idées particulières, s'observant, discutant à la déro-
bée, faisant semblant de se rapprocher pour s'éloigner
ensuite plus loin les uns des autres, n'arrivant jamais à
une discussion sérieuse et qui pourrait être définitive,
ayant enfin, chacun d'eux, des avis contraires aux
volontés des deux autres, et attendant au milieu de
l'incertitude, de l'impatience et de l'irritation, je ne
sais quelle autorité d'un homme ou d'un événement
qui mettrait tout à sa place, donnaient le spectacle de
l'anarchie. L'irritation gagna la rue et de Versailles
arriva à Paris.

Paris s'était passionné pour la tenue des Etats
généraux. C'était alors comme aujourd'hui dans la vie
fiévreuse de cette ville, que se concentrait la plus
grande vitalité de la France. Les haines ou les affections, les anxiétés ou les joies, les espérances ou les
déceptions, y avaient une effrayante intensité. La

question d'étiquette soulevée dès leur ouverture, au sein des Etats généraux, fut aussitôt portée dans ses préoccupations. Les esprits prirent feu. L'idée d'égalité, vivante en tout temps dans ses habitudes, dans ses mœurs, dans ses écrits et ses propos, éclata en libelle, en réunions publiques, en manifestations de toutes sortes. C'était un danger d'avoir soulevé une pareille question dans la capitale. Ce fut la plus grave des fautes de l'y entretenir en quelque sorte par la fierté des classes privilégiées et par l'incertitude du gouvernement. Comment les ennemis de l'Etat n'auraient-ils pas profité d'une irritation si vive, qui avait ses sources dans les blessures faites au cœur même de la vanité française ? Les sociétés secrètes, déjà très nombreuses et formées depuis longtemps aux attaques contre le pouvoir royal, mirent cet état en œuvre. Le 11 juillet éclata, à la stupéfaction des députés réunis à Versailles, et apprit aux plus imprévoyants la faute capitale que l'ignorance de Necker et les prétentions des classes privilégiées avaient commise, dans les deux mois d'incertitude qui venaient de s'écouler. Tout aurait mieux valu que l'hésitation, tout aurait été plus sage que de laisser les esprits s'irriter pendant deux mois, sur une question de préséance !

Mounier en arrivant auprès de ses collègues avait été accueilli au milieu des applaudissements. Lorsque, à la première séance des Etats généraux, les députés du Dauphiné furent appelés, l'Assemblée entière se leva et applaudit, et tous les regards se tournèrent vers Mounier. Ce fut sur lui qu'ils restèrent pendant près de deux mois. Sa sagesse, son renom d'homme versé dans les sciences politiques et plus que ça, la révolution du Dauphiné qui avait servi de modèle à la résistance des autres contrées, et dont on lui attribuait

tout l'honneur, le désignèrent comme le seul esprit
capable de résoudre les difficultés qui s'annonçaient.
Pendant quelque temps, Barnave le déclare, Mounier fut l'arbitre des Etats généraux. Quoi qu'il en soit,
son autorité sur le Tiers-Etat fut sans rivale jusqu'au
jour où l'Assemblée, dominée par l'éloquence de
Mirabeau, préféra les entraînements dans lesquels la
lançait le député provençal, aux idées prudentes et
sages de Mounier. Bientôt Sieyès, le fameux abbé qui
eut le don de se faire considérer comme l'homme du
monde le plus instruit dans les philosophies gouverne-
mentales, vint lui disputer une autre part de son influence. L'abbé Sieyès n'arriva aux Etats que le 25 mai,
accompagné de Bailly. Jusqu'à cette date, c'est Mounier qui avait guidé le Tiers dans sa conduite à l'é-
gard des deux ordres privilégiés. A partir du 25 mai,
au contraire, sous l'influence de l'irritation que soule-
vait l'impuissance de toutes les bonnes volontés et de
tous les efforts du Tiers-Etat, les plus ardents et les
plus violents se firent écouter, hélas ! sans amener
encore aucune solution des difficultés pendantes.

L'autorité de Mounier diminua en proportion de la
faveur donnée aux conseils des exagérés ; elle diminua
dans le peuple aussi bien que parmi les députés. A la
séance du 15 juin, les représentants discutaient le nom
q e prendrait désormais la réunion des Etats généraux. Mounier proposait une dénomination propre à la
fois à constater le droit pour le Tiers, de traiter, en
l'absence des ordres privilégiés, des intérêts du pays et
à reconnaître le pouvoir souverain du Roi. Mirabeau
soutenait, lui, une proposition violente d'un député
obscur, du nom de Legrand, qui demandait qu'on
affirmât, en prenant le *nom d'Assemblée nationale*, le
droit pour les représentants du peuple de se constituer
en Assemblée souveraine. Ce débat fut long et violent,

Mounier était soutenu par les modérés ; il fut vaincu
avec trois cents de ses collègues. Pendant que ses trois
cents collègues se rangeaient à côté de lui, Mounier
raconte (1) « qu'un homme de la taille et de la figure
d'un portefaix, mais très bien vêtu, s'élance des gale-
ries dans la salle, fond sur moi et me prend au collet
en criant : « *Tais toi, mauvais citoyen* ». Mes collègues
vinrent à mon secours. On appela la garde ; l'homme
disparut, mais la terreur se répandit dans la salle. » Le
lendemain les noms de Mounier et celui des députés
qui avaient voté comme lui, en rejetant la rédaction de
Mirabeau et de Sieyès, étaient colportés dans Paris et
désignés au peuple comme les noms de traîtres.

De pareils événements et les affaiblissements de la
popularité d'un homme réputé aussi sage et aussi
dévoué au Roi que Mounier, n'aidèrent cependant
pas Louis XVI et son ministre à comprendre la faute
qu'ils prolongeaient. Loin de là. Comme quelques
velléités se manifestaient dans le sein de la noblesse et
du clergé pour opérer enfin un rapprochement entre les
Trois ordres, et faire prévaloir le vote par tête, les conseils du Roi décidèrent qu'il fallait empêcher même les
réunions qui pourraient avoir lieu. On était au 19 juin.
Une assemblée propre à faciliter l'union des Ordres devait se tenir le lendemain au lieu ordinaire des séances.
La cour inventa la puérile contrariété de faire déclarer,
dès le matin du 20 juin, que la salle avait été livrée, dans
la nuit, aux décorateurs pour préparer une séance
royale. C'était vouloir à plaisir irriter les esprits. Lorsque les députés se présentèrent pour pénétrer dans la
salle et qu'ils entendirent la réponse ridicule qui tendait à les disperser, le mécontentement et bientôt la

(1) *Exposé de la conduite de Mounier*, p. 5.

colère les souleva. On chercha dans Versailles et
même au dehors un lieu où la séance pût se tenir.
Bailly ayant dit que la salle du Jeu de Paume de la
ville était libre, la foule des représentants s'y porta.
Mounier était à leur tête. A peine rassembl's, il prit la
parole et lui. le modéré, releva le défi que la Cour jetait
aux représentants de la nation : il demanda qu'on répondit aux prétentions du Roi et de son conseil de ne
pas vouloir que les hommes du Tiers s'assemblassent,
par le serment de ne pas se séparer avant d'avoir
voté la Constitution de la France ; il lut la formule
suivante :

« Nous jurons de ne jamais nous séparer de l'Assemblée nationale et de nous réunir partout où les circonstances l'exigeront, jusqu'à ce que la Constitution
du royaume soit établie et de l'affermir sur un fondement solide. »

L'Assemblée acclama la formule et prêta ce serment.
Les députés de la France venaient de jurer d'accom-
plir le mandat donné aux députés dauphinois par les
États de Romans !

Sept jours après cet acte d'audace, et après que le
23, le Roi ne tenant pas compte de tout ce qui s'était
fait, eût déclaré dans une séance solennelle, que
rien ne serait changé à l'ancienne organisation des
Ordres de la nation, la noblesse recevait, le 27 juin,
l'ordre de se mêler aux représentants du Tiers. L'égalité politique était conquise.

CHAPITRE X

L'ordre, donné par le Roi à la noblesse, de voter en commun avec le Tiers-État parut un si grand événement, qu'on déclarât la Révolution finie ; elle n'était que commencée. La concession de la royauté marquait sa faiblesse : le peuple le sentit plus encore que les députés et dès ce moment il entra en lice pour renverser ce pouvoir chancelant. Mounier, lui, va résister dans l'intérêt de la liberté aux adversaires du Roi. Sa lutte, c'est-à-dire son énergie et sa sagesse durèrent jusqu'à ce que, lassé de son impuissance, il crut ses idées à jamais renversées, et ses adversaires triomphants.

Dès le lendemain du 27 juin, on pouvait reconnaître pour se disputer le pouvoir, que le gouvernement du Roi était désormais incapable de retenir, trois sortes de compétiteurs.

Les uns se réclamaient de l'Angleterre : de ses lois, de son Parlement, de sa liberté ; ils disaient

comme Mounier « qu'il est impossible d'établir la liberté
chez un grand peuple, sans adopter les bases de cette
Constitution (anglaise) dont il est facile d'éviter cer-
tains vices de détail (1) » ; ils formaient assurément,
dans les États généraux, la majorité des députés. Leur
nombre s'était diminué sous l'influence des orateurs
populaires, et surtout sous la peur de provoquer dans le
peuple des mouvements insurrectionnels. Il s'affaiblisait
chaque jour. Les *Anglomanes*, comme on les nommait,
formaient au sein de l'Assemblée, les modérés. Au
contraire, les emportés et les violents qui étaient leurs
adversaires voulaient introduire dans le gouvernement
de la France, l'indépendance des Grecs de l'Agora et des
Romains du Forum. Leur idée était une Constitution à
la Brutus. Plus d'organisation, plus de pouvoir pondé-
rateur, rien que le contrôle du peuple, que sa sagesse
et son incorruptibilité. A toutes les leçons que leurs
adversaires retiraient de l'expérience du peuple anglais, ils répondaient en racontant les merveilles de la
vie politique des Romains et des Grecs. Leurs discours redondaient des mots de vertus, d'abnégation,
de dignité, d'héroïsme. Tandis qu'en face d'eux on
regardait la Constitution à faire, comme un procédé
pour rendre impuissants les défauts et les vices, ils n'y
voyaient, eux, que l'instrument de toutes les vertus.
Ce qu'il y avait de plus digne de remarque
dans leur camp, c'est qu'à mesure que la populace
augmentait ses violences, attisait des haines, multi-
pliait les désordres et les assassinats, les ardents
trouvaient des formules plus accentuées pour célébrer
l'honneur et la gloire du peuple.

Cependant, à côté de ces deux genres de compétiteurs
en lutte l'un contre l'autre dans l'Assemblée nationale,

(1) *Exposé de ma conduite*, par Mounier, p. 107.

grandissait, dans la rue, le plus redoutable des adversaires de l'ancien régime, ce ui qui devait tout abattre,
tout dévorer tout détruire. Je veux parler d i pouvoir
des clubs et des autres sociétés politiques de Paris. Leur
exsitence s'était tout à coup révélée au grand jour. Sous
l'action de qui ces associations étaient-elles devenues,
en si peu de temps, des puissances si fortes? Un mys-
tère que l'histoire n'a pas encore pénétré, entoure leur
naissance et leur développement. On n'a pas même
encore saisi les relations qui reliaient à leur autorité,
les émeutiers à gages, les faiseurs de libelles qui
accomplissaient sans cesse contre les uns ou
contre les autres, avec un terrible ensemble, leur
œuvre de dénonciation et de haine. Qui mettait à la
main des journalistes la plume avec laquelle ils dres-
saient, chaque jour, la liste des prétendus traîtres à
la patrie? Qui gorgeait de vins et de nourriture ces
hommes et ces femmes qui venaient de Paris à Versailles en haillons, ayant de l'argent dans leur poche,
et criaient sous les fenêtres du Roi qu'ils manquaient
de pain! Où était le trésor qui suffisait à des dépenses
qui aurait comblé une partie principale du déficit national? Nul ne l'a montré. Mounier a constaté contre
lui la puissance de ces pouvoirs occultes; il en a été
stupéfait. Pourtant il n'a pas voulu croire que la
Franc-Maçonnerie, si bien organisée alors, fût l'agent
mystérieux qui dirigeait et l'émeute et l'assassinat et
la destruction (1). Etait-ce donc l'étranger? Quoi qu'il
en soit, la populace était devenue, moins de trois
mois après la réunion des États généraux, la mai-
tresse des représentants de la France. C'était elle qui
inspirait, encourageait ou décourageait les orateurs,
et c'est elle qui dictait les votes !

(1) *De l'influence attribuée aux Philosophes, aux Francs-
Maçons et aux Illuminés. Passim.*

Le rôle de Mounier dans la situation que nous essayons d'indiquer devait être particulièrement difficile : il le tint avec ténacité. Pour la facilité de notre exposé, nous le suivrons d'abord dans ses actes politiques, ensuite dans ses efforts pour assurer à la France, une Constitution capable de lui donner la liberté.

Le 3 juillet, le député dauphinois avait été élu secrétaire de l'Assemblée nationale, et, presque en même temps, le 6 juillet, membre du comité chargé de préparer la Constitution de la France. Il s'était mis avec ardeur à l'œuvre qu'on lui confiait. N'était-ce pas l'œuvre qu'il avait préparée en Dauphiné ? Il espérait, avant peu, apporter, d'accord avec ses collègues, un projet qui formerait la base du nouveau gouvernement de la nation, lorsque, le 14 juillet, la populace de Paris renversa la Bastille. La première nouvelle de l'événement, encore confuse dans les détails, émut les députés. On savait que le peuple avait été fort alarmé de l'ordre que le Roi avait donné de faire approcher des troupes de la capitale. La destruction de la forteresse qui dominait la ville parut le premier acte de défense contre la présence des armées royales. Ce premier acte fut décisif. Le Roi intimidé annonça que les troupes s'éloigneraient, et une députation de l'Assemblée nationale fut chargée d'aller porter aux Parisiens et la nouvelle du retrait des troupes et les félicitations des représentants.

Paris, le Paris des rues, était dans un état extraordinaire de joie. La Bastille pour lui n'avait jamais été à craindre ; elle était surtout la prison des aristocrates et celle de ces lettres de cachet que presque jamais les hommes du peuple n'avaient reçues. Mais détruire la Bastille, cette forteresse effrayante, qui dominait les rues populeuses des faubourgs et servait à contenir les révoltés, n'était-ce pas une victoire signalée ? Lorsque pour châtiment de leur insurrection, on leur annonça la faiblesse du Roi et les félicitations de l'Assemblée, les émeutiers éclatèrent en hymnes de joie! Les députés de Versailles les entendirent. Mounier était l'un d'eux : il fut ému et son attendrissement amena sur ses lèvres des expressions enthousiastes. Ses collègues, participèrent à son émotion. Le député M. de Juigné, archevêque de Paris, entraîné lui-même, convoqua les insurgés à Notre-Dame, pour y louer Dieu de l'événement, dans un *Te Deum* solennel!

De retour à Versailles, Mounier fut chargé de faire à l'Assemblée le récit de son voyage. « Jamais fête publique, s'écria-t-il, ne fut aussi belle et aussi touchante. »

Le but direct qu'avaient poursuivi, sous la conduite d'un pouvoir mystérieux, les insurgés du 14 juillet, était d'effrayer le Roi et de lui enlever, si le gouvernement faisait quelque acte d'énergie, la prison où son autorité discrétionnaire pouvait encore envoyer les citoyens rebelles. Or, Louis XVI, quelques jours auparavant, avait disgracié Necker, ce ministre sot et incapable, qui avait convoqué les États généraux et n'avait su leur indiquer leur voie, et qui avait satisfait son insatiable besoin de popularité jusqu'à sacrifier la dignité d'un roi débonnaire, et l'avait remplacé sans consulter les députés, par un nouveau conseil. L'Assemblée n'accepta pas cet acte légitime d'autorité, et Mirabeau monta à la tribune pour proposer de demander au Roi le renvoi des ministres. Après l'insurrection de la populace, la violation, par les représentants du peuple, des droits les plus incontestables du Roi ! Une lutte ardente s'éleva aussitôt dans le sein de l'Assemblée. Mounier avait-il enfin saisi le caractère de la sanglante insurrection du 14 juillet ? Avait-il aperçu que ce qu'on avait renversé, en détruisant les murs de la Bastille, c'était entre tout la royauté? La vivacité et le courage avec lesquels il défendit contre Mirabeau le droit du Roi de choisir ses ministres, le prouverait. Vains efforts ! L'Assemblée suivit l'exemple de Paris, et ne reconnut pas au Roi le droit de se défaire d'un ministre qui ne répondait plus à ses désirs et de prendre pour instruments de sa volonté, des hommes en qui il pût avoir confiance.

Le point de vue spécial que Mounier défendit dans cette circonstance, est celui qu'il aperçut toujours, dans toutes les luttes qu'il eut à soutenir. Ni les menaces par provocation personnelle ou par lettres, ni les attaques dans la presse, ni les dénonciations qu'à partir du mois de juillet on ne cessa de faire contre lui, ne le firent dévier de sa double pensée : la liberté et le Roi, l'un sauvegardant l'autre ! C'est celle qu'il défendit le 27 juillet lorsqu'il affirma l'inviolabilité du député Maury, arrêté à Peronne et arbitrairement détenu en prison ; c'est elle qu'il soutint lorsqu'il déclara dans l'affaire de Besenval que les électeurs de Paris n'avaient aucun droit à retenir ou à gracier un citoyen français ; ce sont elles : la liberté et la royauté, qu'il protégea de nouveau, lorsque Necker ayant proposé un emprunt, l'Assemblée prétendit ordonner qu'un conseil choisi dans son sein, en surveillerait la rentrée et l'emploi, et lorsqu'il empêcha les représentants de décider qu'à l'avenir les soldats prêteraient le serment de n'obéir qu'à eux ou aux magistrats civils ! Dix fois dans la période qui va du 25 juin au 5 octobre, Mounier dut monter à la tribune pour soutenir dans des débats imprévus, les prérogatives légitimes du Roi, dix fois il le fit avec énergie et en montrant qu'une juste autorité était la plus solide garantie de l'ordre et de la liberté !

Ce n'est pourtant pas dans ces échauffourées parlementaires qu'il faut voir Mounier pour découvrir le mieux sa pensée. Il avait été envoyé à Versailles pour faire une constitution. C'est à cette œuvre qu'il donnait le principal de ses préoccupations et de ses travaux.

Chargé, le 6 juillet, de présenter à l'Assemblée un rapport sur l'ordre à suivre pour élaborer la Constitution que le pays attendait, il apportait, le 9, son rapport sur cette question fondamentale. Pour lui elle se résumait en ces termes : « Nous ne pouvons pas dire qu'en France nous soyons dépourvus de toutes les lois propres à former une constitution, mais nous n'avons pas une forme déterminée et complète de gouvernement. » Il déterminait aussitôt le plan à suivre dans l'étude des parties qui devaient composer l'ensemble de la Constitution française : Droits de l'homme, principes de la monarchie, droits de la nation, droits du Roi, droits des citoyens, représentation nationale, pouvoir législatif, assemblées provinciales ou municipales, pouvoir judiciaire, pouvoir militaire. Le programme était si vaste qu'il paraissait complet. Mounier ne devait pas le voir réaliser !

L'effort de l'Assemblée se porta d'abord sur la *déclaration des droits de l'homme*. Ce fut une longue discussion, sans grandeur malgré la grandeur des idées qu'on prétendit exprimer. Le plus grand nombre des orateurs cherchaient, dans les formules qu'ils recommandaient, un moyen de popularité et non la vérité. Mounier présenta un projet de déclaration en seize articles ; il fut écarté. La discussion se traîna, et, comme toutes celles qui occupèrent les séances de l'Assemblée nationale, elle fut incertaine et flottante. On était à la fin du mois d'août et après un mois et demi rien encore de définitif n'était décidé.

La question des droits de l'homme était d'un ordre purement spéculatif ; elle intéressait les philosophes.

Pendant qu'on la discutait, le pays attendait les lois pratiques. Or, la formule des droits n'était pas encore trouvée, que l'opinion d'abord et l'Assemblée ensuite s'occupèrent de la création du pouvoir législatif et de la définition du pouvoir exécutif c'est-à-dire du Roi. Quelle serait l'organisation de l'un et l'autre de ces pouvoirs?

Pour le Roi, trois idées étaient en présence. L'idée d'un roi absolu avait disparu, le souverain aurait désormais à gouverner avec la nation. Sous quelles formes ? et dans quelle mesure ? Les uns disaient que ce que les représentants de la nation auraient décidé le roi devait l'exécuter. Les autres affirmaient que la prospérité du pays tenait à ce que le Roi fût doté du pouvoir de suspendre pendant quelque temps, quand il lui plairait, les décisions du pouvoir législatif. Sa fonction de régulateur suprême l'obligeait, disaient ils, à appeler les députés à réfléchir pendant un temps à limiter, sur les conséquences d'une loi qui lui paraissait défectueuse. Enfin, un troisième parti disait que le Roi était, avec les représentants du peuple, une partie intégrante du pouvoir législatif, qu'à la vérité, sa fonction en cet ordre de fait ne pouvait s'exercer par des discussions comme les élus du peuple, mais qu'il devrait pouvoir défendre ou permettre toute loi qui lui paraîtrait utile ou nuisible à la Patrie !

Mais que serait le pouvoir législatif nouveau ? Deux systèmes ce combattaient. Valait-il mieux, dans l'intérêt du pays, qu'une chambre unique, dont les membres sortiraient tous de la même origine, discutât les intérêts de la nation ? Ou n'était-il pas plus prudent de confier les destinées de la France à deux Chambres nées de deux pouvoirs différents et se contrôlant l'une l'autre?

Ces deux questions étaient d'un intérêt capital. L'avenir même du pays s'agitait en elles.

Cependant, avant que la discussion ne vint à
l'Assemblée, Mounier crut devoir exposer au pays la
solution qu'il croyait juste. En le faisant, il se
souvint sans doute de la compétence que la France
entière lui avait reconnue dans cet ordre d'idée,
avant les Etats généraux et dès les premiers jours
de leur réunion, et, comme alors, il voulut donner
à l'opinion une lumière qu'elle n'avait pas ! Une
autre pensée paraît l'avoir guidé dans cet appel à
la nation. L'anarchie avait pénétré dans l'Assemblée nationale, elle rendait toute discussion longue,
difficile et incertaine. Les modérés n'étaient plus
que rarement écoutés, sans que pour cela les violents
entraînassent le vote. La crainte paraissait gouverner
les esprits. Dans la pensée de Mounier, il fallait
désormais, pour obtenir l'adhésion des Constituants,
persuader auparavant les orateurs du dehors : les
hommes de la rue et des clubs. Ce fut le but principal que poursuivit notre député ; il écrivit, à cet
effet, son livre qui a pour titre : *Considération sur
les gouvernements et principalement sur celui qui
convient à la France.*

Les deux questions principales, traitées par Mounier, étaient celles-là même que nous avons définies
plus haut. Sur la question du pouvoir exécutif, il montrait la nécessité de donner au Roi le droit de *veto*
absolu. Pour l'organisation du pouvoir législatif, il
montra la création de deux Chambres comme la seule
organisation capable d'assurer au Roi ses droits, au
peuple la sagesse de sa représentation, à la liberté son
avenir. Mounier n'eut raison ni devant le peuple ni devant les députés. Les arguments qu'il exposa dans sa

brochure, il les formulait quelques jours après à l'Assemblée nationale. 849 députés contre 89 députés votèrent l'établissement d'une chambre unique. 673 députés contre 325 votèrent le *veto* seulement *suspensif*.

Les deux votes eurent lieu le 10 et le 11 septembre.

CHAPITRE XI

Ce que nous avons exposé dans le chapitre précédent fait ressortir le caractère de Mounier : c'est un théoricien, théoricien fidèle à lui-même, fidèle à ses thèses et assez courageux pour ne les abandonner devant aucune opposition ni devant aucune attaque. Il était dévoué au Roi et dévoué aux institutions libérales ; mais il ne pensait qu'à faire prévaloir sa formule. Son obstination à la présenter et à la défendre est remarquable. Rien autre ne semble exister : il ne se préoccupe pas de gouverner, il ne cherche que les théories de gouvernement. On l'insulte, on l'injurie, on le menace de mort, tous ses collègues sont soumis aux mêmes avanies ; il cherche sa constitution et ne songe pas à former autour du Roi un parti de gouvernement. On envahit l'Assemblée, on la domine, au point qu'il voit lui-même les esprits les plus modérés aller aux solutions les plus violentes ; il disserte, il fouille le vieux droit politique français. Il n'a pas le souci de protéger, contre l'opposition du dehors, ses travaux, ses efforts, la sincérité de ses recherches et de celles des modérés des Etats. Mounier, pour tout dire, si subtil et si judicieux dans l'étude des théories politiques, ne comprend rien à l'action, à l'homme, à la foule.

Le 14 juillet il ne voit, dans l'émeute qui vient d'ensanglanter Paris et violer l'autorité du Roi, qu'un peuple en délire. La joie des hommes de trouble et de sang ne lui apparaît que comme l'explosion d'une noble satisfaction. Les larmes d'attendrissement qu'il verse sur le contentement populaire, lui voilent le spectacle d'une ville en insurrection, prête même au massacre pour détruire la liberté et la royauté qui sont ses idoles !

Nous allons le voir plus théoricien encore à l'heure tragique de sa vie, au 5 octobre. On égorge les gardes du Corps, on cherche la Reine pour la tuer, le Roi pour l'emmener prisonnier à Paris, on empêche l'Assemblée de tenir séance, Mounier préside, il est après le Roi la plus haute personnification du pouvoir, que va-t-il faire contre ces attaques si audacieuses, si violentes et si barbares? Va-t-il se mettre à la tête des gardes royaux ou les pousser à la résistance ? Non. Pensera-t-il du moins à chercher dans la force, la protection qu'il doit au Roi qu'on poursuit et à l'Assemblée qu'on disperse ? Point du tout. Il se rend auprès de Louis XVI et lui demande, pour apaiser la foule, de ratifier la Déclaration des droits de l'homme et la partie de la constitution qui a déjà été décrétée par l'autorité !! « *Cela fera-t-il avoir du pain aux pauvres gens de Paris?* » lui demandent les insurgés. Il ne comprend même pas, et plus tard, revenu à Grenoble, il écrit avec une touchante naïveté: «j'annonçais au peuple l'acceptation faite par le Roi des articles de la constitution. La foule applaudit et se pressa autour de moi pour en avoir des copies. On me demandait de toutes parts «*si cela était bien avantageux* »(1). Des mots,

(1) *Exposé* p. 74.

des mots, c'est tout ce qu'il croyait utile pour calmer le délire d'une foule en révolte !

Les événements des 5, 6 et 7 octobre 1789 furent en effet la pierre de touche qui révéla le tempérament et le caractère de Mounier. Ils résument dans un fait plus brutal, toutes les épreuves que le député Dauphinois avait eu à éprouver depuis son départ de Grenoble, et toute la résistance dont il était capable.

Vers la fin du mois de septembre, Mounier avait été élu président de l'Assemblée nationale par 365 voix, il avait pris et tenu cette haute charge à l'entière satisfaction de ses collègues. Le 1er octobre, les gardes du Corps donnèrent un banquet à la milice bourgeoise de Versailles et le Roi fut prié d'y venir. Les soldats burent à sa santé et jurèrent de le défendre jusqu'à la mort. Dans l'excitation de leur repas, ils chantèrent le fameux couplet : *O Richard, ô mon Roi! l'univers t'abandonne.* Cette explosion de dévouement n'avait rien que de naturel : elle parut ainsi à Versailles et à Paris les 2, 3 et 4 octobre. Tout à coup, elle passa pour une provocation contre les patriotes de Paris. Le 5 octobre, tandis que l'Assemblée délibérait sur une réponse à faire à Louis XVI, relative à la publication de quelques parties de la Constitution, on annonça à Mounier qu'une troupe armée, composée d'hommes et de femmes, s'avançait sur Versailles et demandait du pain! Aussitôt arrivés, les chefs voulurent être introduits auprès de l'Assemblée. Là ils racontèrent qu'on affamait Paris et que les soldats du Roi outrageaient la cocarde nationale. L'Assemblée les apaisa. Mounier ayant reçu les assurances les plus pacifiques de Lafayette, crut que tout se bornerait à des manifestations verbales. Il était rassuré. Le 6 au matin, des coups de fusils l'arrachèrent à sa tranquille confiance. Les insurgés tirèrent sur les

troupes royales, pénétrèrent dans le palais, arrivèrent presqu'à l'appartement de la Reine et for-
cèrent le Roi à arborer la cocarde patriotique ! C'est
pendant ces terribles événements que Mounier surpris,
allant, il est vrai, non sans courage, à travers
l'émeute, de l'Assemblée au cabinet du Roi, n'ima-
gina pas d'autre moyen pour arrêter l'effusion du
sang que l'acceptation par le Roi des lois qu'avaient
préparées les députés! Cependant, les insurgés s'atta-
quèrent à lui, le menacèrent de mort, se moquèrent de
ses principes, rirent du droit qu'il invoquait et l'em-
pêchèrent de parler. Il aperçut à la lumière des lan-
ternes auxquelles on voulait le pendre, l'inutilité de sa
science politique. Qu'allait-il faire ? se transformer
en homme d'Etat! Non. Comprenant à ce moment-là
seulement, que désormais tout ce qu'il savait était
sans profit, puisque personne ne voulait plus l'écouter, cédant surtout, lui, théoricien, aux émotions d'une
lutte aussi tragique que celle dont il était le témoin,
il prit la résolution d'abandonner Versailles. On ne
voulait plus l'entendre, il partit. Président de l'Assemblée nationale, il avait un poste de combat. Qu'en
savait-il ? Etranger à ces combats et ne les comprenant
pas, ayant son esprit tourné vers d'autres succès ou
d'autres défaites, il ne sentit pas que son devoir et sa
dignité lui commandaient de rester où il était. Simple
député, il aurait dû entourer le trône de sa foi et de son
énergie ; président des représentants de la nation, il
était le seul qui, dans ces heures de lutte, ne devait
avoir aucun prétexte et une seule raison pour abandonner son poste. Il s'agissait bien de sa dignité. Il fut au
contraire un des rares députés qui l'abandonnèrent. Il
a raconté lui-même dans un récit qu'aurait pu imaginer le plus cruel de ses ennemis, pour quels motifs il
abandonna Versailles :

« J'étais horriblement fatigué et de corps et d'esprit.
Je passai la nuit du 6 au 7 la plus cruelle. Le lendemain 7 octobre, je vins encore présider. La séance
fut longue et très pénible pour moi : les questions
agitées n'étaient pas cependant très importantes ; mais
les discussions étaient tumultueuses. L'état de ma
santé rendait mes efforts pour maintenir le calme plus
infructueux et plus pénibles. Tous ceux qui se trouvaient plus près de moi *durent* apercevoir mon extrême
agitation, et combien le repos m'était nécessaire, surtout *celui de la nuit.* — Le jeudi 8 octobre, *heureusement pour moi,* de violentes douleurs de poitrine et
une extinction de voix me mirent dans l'impossibilité
de présider. J'écrivis à MM. les Secrétaires pour les
prier de faire agréer mes excuses à l'Assemblée...
*Comme j'éprouvais déjà un vif désir de retourner
dans ma province,* j'eus la précaution de prier ces
MM. les Secrétaires de me procurer un passeport...
Qu'on nomme si l'on veux *faiblesse de caractère* le
sentiment qui me dominait: mais après tant d'atrocités,
il m'était impossible de ne ·pas m'éloigner pour res-
pirer un autre air; *j'en éprouvais le besoin le plus
impérieux, il me semblait que je cédais tout à la fois à
un devoir et à une impulsion invincibles!!!*

Mounier se trompait, ce n'était pas à une faiblesse
de caractère qu'il avait cédé, mais à une absence de
caractère.

Mounier revint à Grenoble le 15 octobre : une lettre
qu'il écrivit avant que les événements eussent épuisé
sa force de résistance, l'avait précédé. L'ancien secrétaire de Vizille et de Romans demandait à la commission intermédiaire de protester contre les délibérations
d'une Assemblée qui ne pouvait plus être considérée

comme libre, il ajoutait qu'il fallait convoquer les
Etats. La commission protesta aussitôt. Les termes
vigoureux qui exprimaient ses indignations contre
les décisions dictées aux constituants, croisèrent
Mounier en route !

Le départ singulier du président de l'Assemblée
nationale s'était opéré de Paris, sans que ses collègues
prétassent à cet acte extraordinaire une importance quelconque. Il semble que tout le monde, au moment de ces terribles journées, ait jugé comme
Mounier, et pensé que sa démission était opportune.
Les événements ne lui avaient rien inspiré ; ils n'a-
vaient fait que l'effrayer et le fatiguer. A Mirabeau qui
lui disait, le 5 octobre, qu'il n'était pas digne de l'Assemblée d'aller délibérer dans le palais du Roi, il
avait répondu : « notre dignité est dans notre devoir ».
Mounier n'avait pas défini ce qu'était le devoir. Arrivé
à Grenoble et lorsque ses amis, enfin remis des secous-
ses de l'émeute de Versailles, s'étant aperçu de son
départ, lui avaient adressé l'expression de leur regret
personnel, alors seulement il indiqua pourquoi il
avait quitté son poste. « J'ai cru, écrivait-il, le 20 octobre au philosophe Cerutti, qu'ayant autrefois proclamé
du fond de ma province quelques vérités utiles, je
devais y revenir pour publier hautement *celles qui
peuvent aujourd'hui sauver une patrie.* » « Ces vérités
ne pourraient être annoncées avec succès au milieu
de Paris ou de Versailles. » Etrange conception de son
devoir en face de l'émeute ! Des déclarations à opposer aux balles, des « vérités » pour sauver la patrie !

C'est par cette triste idée de ses devoirs politiques
que se termine la carrière, au début si brillante, si
féconde, si sage et si digne d'admiration, de
l'ancien secrétaire des Assemblées du Dauphiné. Tout
ce qu'il fait à partir de son retour à Grenoble est l'ex-

pression de cette dernière pensée : il ne reste plus que des paroles à prononcer et des déclarations à faire à l'homme qui a dirigé les Trois-Ordres du Dauphiné, l'opposition en France et pendant quelques jours l'opinion des Etats généraux !

De retour en Dauphiné, Mounier reprit sa place de secrétaire de la Commission intermédiaire. Il eut l'occasion à ce titre de rédiger deux consultations de quelque intérêt. L'une, répondait à un avis qui lui était demandé par la communauté de Veynes, sur l'utilité de constituer une fédération de gardes nationales avec les compagnies des deux rives du Rhône : Mounier leur montra le danger de cette concentration de forces inutile à la patrie. Dans l'autre il protestait contre la suppression de l'établissement du Dauphiné en province et sa transformation en départements. Il lui appartenait plus qu'à tout autre d'écarter ce mal. C'était lui qui, par une direction aveugle et funeste, avait conduit ses compatriotes et à leur suite les autres pays d'Etat, à la conception de devoirs généraux à l'égard de la nation qui devaient absorber les devoirs particuliers des provinces. Mounier dut se souvenir, en montrant à l'Assemblée nationale le danger de la transformation du Dauphiné en trois départements, qu'il avait lui même fait considérer à ses compatriotes, comme un progrès digne de leurs efforts, la disparition des antiques *statuta*. Singulière destinée ! l'homme qui concentrait ses derniers travaux dans ces protestations voyait terminer un mouvement qu'il avait dirigé pour élever sa province, dans la disparition même de cette province !

Cependant, ce qui se passait à la commission intermédiaire était ce qui préoccupait alors le moins Mounier. Il avait à défendre et contre sa conscience

et contre les blâmes discrets de ses amis et contre les
attaques malveillantes de ses adversaires, sa conduite
depuis les journées du 5 au 6 octobre. Il sentait qu'il
avait à laver son nom des reproches dont sa fuite l'a-
vait couvert. Ce fut là le secret de son ardeur à écrire
d'abord au mois de novembre 1789, son *Exposé sur
ma conduite dans l'Assemblée nationale et motif de
mon retour en Dauphiné;* puis en 1790, à Genève :
« *Appel au tribunal de l'opinion publique et du rapport Chabroud et nouveaux éclaircissements sur les
crimes du 5 au 6 octobre 1789 ;* puis en 1794 ses *Etudes
sur les causes qui ont empêché les Français d'être libres.*
Il était hanté encore par la même préoccupation, lorsque, sans raison suffisante, il publiait, en 1801, ses
études sur l'*Influence des philosophes, des francs-
maçons et des illuminés dans la Révolution de France.*

L'*Exposé de ma conduite* montre le mieux, dans un
récit mouvementé, la sincérité de ses efforts, la
naïveté de ses illusions, sa faiblesse de caractère et
sa pénétration de théoricien. Mounier ne pouvait être
un homme d'Etat qu'à la condition d'exposer ses idées,
justes pour la plupart, libérales et élevées, à une foule
docile. Il ne l'avait eue qu'en Dauphiné.

CHAPITRE XII.

~~~

Mounier resta à Grenoble du 15 octobre 1789 jusqu'au 20 mai 1790. Il partit ce jour-là pour l'exil en
jetant à ses compatriotes ses tristes regrets : « O mes
concitoyens, je n'ai donc pu espérer ni sûreté, ni liberté dans la province même où j'ai vu tant de fois
couronner mes travaux pour votre sûreté et votre liberté. »

Mounier, en effet, quitta le Dauphiné, forcé par la
malveillance et la persécution. La crainte que l'influence dont il avait joui sur ses concitoyens, avant
l'ouverture des Etats généraux, ne lui fût restée et qu'il
ne s'en servît contre l'œuvre révolutionnaire qui se continuait à Paris, avait porté les patriotes de la capitale
à agir contre lui. Le lendemain même de son départ, on
avait annoncé dans les journaux qu'il était parti dans
le but de soulever le Dauphiné. Les paroles qu'il avait
dites lui-même à Lally Tollendal, le caractère des protestations qu'il avait excitées, la commission intermédiaire à formuler, les Etats de la province qu'il avait

demandé à réunir, tout cela donnait de la vraisemblance
aux calomnies qui le représentaient comme un brandon
de guerre civile. Ses adversaires de Grenoble, partisans
des idées nouvelles, se mirent en travail, d'accord
avec les ennemis de Paris, pour ruiner à jamais son
crédit politique. De tous côtés en Dauphiné et surtout
dans un grand nombre de corporations, on vit aussitôt éclater une multitude de pétitions contre Mounier. Chacune d'elles l'accusait d'avoir lâchement
abandonné le poste où il aurait dû mourir, ou de l'a-
voir quitté pour venir jeter son pays dans la guerre
civile. Ce fut un concert terrible de plaintes et d'accu-
sations. L'effet en fut effrayant. « Quand je sortais,
écrivait-il, en s'en allant en exil, j'étais publiquement
suivi et c'était un crime que de se montrer avec moi.
Partout où j'allais avec deux ou trois personnes, on
disait qu'il se formait une société d'aristocrates. » On
venait crier à sa porte : « Monsieur *veto*, à la lan-
terne ! » Les juges du Chatelet de Paris ayant envoyé
des commissaires pour entendre sa déposition sur les
événements des 5 et 6 octobre, l'agitation était si générale et si profonde, que la municipalité de Grenoble
déclara que des troubles éclateraient si on procédait
à l'information. Il ne restait plus à Mounier pour asile
que la prison ou la fuite.

Il partit.

Mounier se dirigea d'abord sur Genève. Il vint s'y
installer avec sa femme et ses enfants. Madame Mounier n'avait jamais quitté son mari : elle avait été avec
lui à Versailles où son dévouement avait excité les
railleries de Mirabeau et de Camille Desmoulins. Ni
l'un ni l'autre n'avait aperçu ce qu'il y avait de courageux dans l'acte de cette femme qui avait abandonné
son pays et ses parents pour conserver à son mari,
dans ses travaux, les délassements de la vie de famille,

ét, dans ses fatigues, les soins de ceux qu'il aimait et
en qui il avait placé toute son affection. Peut-être avec
cette intuition qui est l'intelligence de la femme, madame Mounier avait-elle entrevu les déceptions, et
avait-elle voulu sacrifier son repos pour rassurer son
mari et lui rendre courage ! Retournée avec lui à Grenoble, elle avait bientôt deviné que l'exil serait le re-
fuge où Mounier protégerait sa vie et elle était venue
là première, comme pour l'y appeler, s'installer sur la
frontière de France à Chambéry. C'est là qu'elle le
reçut, lorsque certain d'être devenu un objet de haine
de la part de ses compatriotes qui, en 1788, avait tant
exalté son œuvre, il avait quitté sa patrie.

C'est de là, qu'ensemble, ils partirent pour Genève.

L'affection de madame Mounier fut douce et forti-
fiante. Jamais un mot de regret ne sortit de ses lèvres,
jamais une expression dc découragement n'attrista
son mari. Le malheur où ils étaient tombés, inévitable
désormais, elle le montrait à Mounier comme la récompense de son patriotisme. Sa clairvoyance lui
avait fait apercevoir les fautes et les erreurs : elle pensa
que les récriminations ramèneraient ou le regret, un
regret stérile, ou le découragement, et elle se donna la
mission de ne faire apparaître dans ses conversations
que ce qui pouvait être une cause de résignation ou
une source de courage. Toutes les forces de son âme,
toutes les tendresses de son cœur, toutes les séduc-
tions de son être, elle les employa à soutenir l'âme
de Mounier. Femme vraiment dévouée, elle poussa
l'héroïsme jusqu'à garder pour elle les amertumes de
la triste vie que l'exil allait lui imposer ; elle mourut à
Weimar, d'avoir vivifié de sa force et de sa bonté
l'homme malheureux qui l'adorait !

Cependant, à Paris, quelques amis de Mounier n'a-
vaient pas perdu tout espoir de le ramener et de lui

faire reprendre, dans les conseils du pays, une place digne de son savoir. Cette espérance s'évanouit bientôt. L'opinion publique marchait vite. Mounier réapparaissant en 1790 au milieu de ses collègues, eût passé pour un revenant des anciens jours. Un de ses compatriotes, M. de Virieu, eut alors l'idée pour le moins étrange, de le faire nommer secrétaire dans une ambassade aux Etats-Unis. Mounier, l'ancien président de l'Assemblée nationale, secrétaire d'ambassade ! L'ancien Constituant s'en défendit, non à cause de l'humilité de la fonction, mais parce que l'homme : Lafayette, par qui elle pouvait être obtenue, lui paraissait indigne de son estime. Il écrivit à cette occasion, à M. de Virieu, une lettre dont les lignes suivantes expriment l'état de son âme, au mois d'octobre 1790 : « Vous devez être bien las, mon très cher ami, des horreurs dont vous êtes environné ; que de tourments elles doivent vous causer. Il est vrai que vous acquérez tant de droits chaque jour à l'estime des gens de bien, et que vous avez trois grandes consolations : *votre vertu, votre piété, votre digne compagne.* Je suis bien dégoûté de ce qu'on nomme dans le monde les opinions philosophiques : *c'est la ténacité de nos beaux esprits, c'est l'abandon avec lequel ils ont livré au ridicule tout ce que le peuple regardait comme sacré, qui est la cause de nos malheurs !* »

Dans le même moment, 2 octobre 1790, Mounier apprit que l'Assemblée, sur le rapport du député Chabroud, avait décidé de ne pas poursuivre les auteurs des crimes et des attentats des journées des 5 et 6 octobre. Cette nouvelle le mit en fureur : Quoi ! de tels criminels allaient échapper sur la foi d'un rapport que tous savaient incomplet ou mensonger, à la justice du pays ! Il exhala sa fureur avec l'accent de la vio-

lence dans l'*Appel au tribunal à l'opinion publique* :
il reprit une à une les affirmations du rapporteur,
les discuta, les contrôla, les combattit. Il avait à cœur
de faire ressortir dans cet écrit, la duplicité, qui à
ses yeux était de la complicité, de Mirabeau et de
Philippe d'Orléans ! La curiosité publique dévora cet
appel où l'indignation avait de nobles accents, mais
où la justice n'était pas assez respectée. Ce fut tout
son succès.

Cependant les événements se pressaient à Paris et bientôt le refus de poursuivre les criminels ne put plus être
considéré en France comme un sujet capable d'émouvoir
les esprits modérés et les âmes honnêtes. On allait passer de l'oubli du crime à son exaltation et le considérer
comme un moyen de gouvernement ; l'esprit public
était bouleversé. C'est dans cette situation générale
que les émigrés, aveuglés sur leur devoir, conçurent la
pensée coupable de faire la guerre à la patrie, et
d'appeler contre elle le secours de l'étranger. Maudit
soit à jamais celui qui, fût-il malheureux jusqu'à la
misère et endolori par l'angoisse et la torture, lève la
main sur la femme qui l'a enfanté ! La patrie, c'est notre mère ! Aucun de ses torts, aucun de ses crimes
contre nous ne permet que nous tournions contre elle
les forces que nous tenons de son sang et de sa vie !
Ce fut là le crime des émigrés. Ils croyaient, les
malheureux, que la patrie c'étaient eux, leurs espérances et leurs regrets. L'obscurcissement de leur
sens moral explique leur faute, il ne la justifie pas.

Mounier sut bientôt, à Genève, au milieu des nombreux Français qui s'y étaient réfugiés, le plan des
émigrés : l'empereur d'Autriche se proposait de
soutenir et de guider les efforts pour la délivrance du
roi Louis XVI et la dispersion des révolutionnaires.

Il eut alors l'idée, bien étrange, de donner à l'Empereur, qui ne le lui demandait pas, son avis sur la répression à exercer. *Son mémoire à l'empereur Léopold sur les moyens de rétablir l'ordre en France* est à mes yeux une bizarrerie dont je ne puis pénétrer le sens. Mounier y expose, comme il va le faire bientôt dans ses *Recherches sur les causes qui ont empêché les Français d'être libres*, les origines de la Révolution, puis l'état des esprits créé par les événements des années 1788, 1789, 1790 et 1791, et comme conséquence, il indique la manière de sauver le pays. Mounier, en écrivant ce singulier exposé, était assurément le jouet d'un rêve. Il croyait, lui aussi, à la légitimité d'une guerre civile dirigée par l'étranger. Il croyait à son succès, et comme autrefois à Romans, il discutait le plan de conduite après la victoire et désignait même les hommes à écarter et les réformes à faire! Le *Mémoire* n'était pas, dans le but qu'il poursuivait, l'œuvre d'un penseur, mais celui d'un rêveur qui s'imaginait trouver dans ses déceptions le salut du pays! Il n'avait pas appris à connaître les hommes!

Le *Mémoire* ne fut pas publié : il resta secret. Pour l'écrire, Mounier avait interrompu une œuvre sage, forte, où les idés justes succèdent à des aperçus nets, définis avec précision, et dans laquelle Mounier ne parlait de l'avenir qu'autant que le passé, un passé qu'il avait vécu, lui fournissait de lumière. Je veux parler de son livre « les *Recherches sur les causes qui ont empêché les Français d'être libres.* » C'est assurément là que se rencontre une des leçons les plus élevées qu'aucun acteur de la sanglante tragédie de la Révolution ait formulées. Il n'y avait qu'à se souvenir et point à diriger, à analyser et point à conduire, à exprimer des idées, des impressions, des réalités, et rien à pressentir, à rédiger des théories d'après une expérience personnelle, et non des règles générales prises à un endroit quelconque et à appliquer dans un endroit déterminé. Mounier, le Mounier de Blackstone, de Delolme, de Crèvecœur, Mounier l'ami de Byng, se retrouve là tout entier, avec sa pénétration, sa finesse, son jugement. S'il eût eu jusqu'au bout son impartialité, les *Recherches* devraient être recommandées comme le livre le plus capable de faire comprendre le sens des événements terribles et mystérieux de la Révolution de 1789! Mounier le terminait par des plans personnels de réformes! Ses idées sur ce point devaient rester sans utilité. L'ensemble de l'ouvrage demeure un beau livre d'histoire et de philosophie politique.

Ce fut aussi, et celui-là surtout, un traité de philosophie sociale que Mounier écrivit, en 1794, sous le titre *Adolphe ;* il supposait un jeune homme de ce nom qui recevait sous forme de récits des notions sur les points fondamentaux du droit civil et politique. L'enseignement consistait à opposer l'enseignement des faits tels que l'auteur les avait vus à l'enseignement métaphysique de J.-J. Rousseau.

C'était encore la même idée que Mounier exprimait au comte de Provence, après le 21 janvier, dans un *Mémoire* où il le priait de donner à la France une constitution fondée sur les vœux de 1789. Théoricien infatigable, il élevait la voix chaque fois qu'il le croyait utile. Il le crut trop souvent. L'esprit est fatigué à suivre la répétition de ses idées, bientôt il finit par ne plus apercevoir dans son œuvre que la pensée de regret qui le faisait écrire. Mounier n'avait point été assez heureux pour réaliser en France l'organisation qu'il avait fait triompher en Dauphiné. De bonne heure, il n'avait plus été parmi les acteurs qui auraient pu travailler à cette réalisation. Il adoucissait les amertumes

de ses déceptions et se consolait d'une vie devenue
stérile, en répétant sans cesse ce qu'il aurait voulu
faire et ce qu'il y aurait à faire !

Cependant l'exil continuait et épuisait ses ressources. Mounier, de Genève était allé à Berne à la fin de
1792 ; il y était demeuré jusqu'en 1793. Le Conseil de
ville frappa une médaille en commémoration de son
séjour. En 1794, Mounier accepta de faire connaître
l'Europe au fils de lord Hawke. Quand cette tâche
fut terminée, en 1795, le duc de Saxe-Weimar lui
offrit de mettre à sa disposition, pour une maison d'enseignement public, son château du *Belvédère*, situé à
une lieue de la capitale. L'ancien président de l'Assemblée nationale accepta. Il pouvait, dans ces
occupations, attendre sans impatience le retour
des choses. Hélas ! sa femme mourut la première
année, d'une fluxion de poitrine. Mounier fut inconso-
lable. L'avenir de ses enfants lui garda ses forces : il
partagea dès lors sa vie en deux parts, l'une à pleu-
rer, la nuit, celle qui avait été sa tendre et héroïque
compagne, l'autre à gagner le pain de ses enfants. Il
prit pour sa fonction dans le collège l'enseignement de
l'histoire et de la philosophie, de cette philosophie qu'il
avait, tout jeune, si méconnue ! Il rédigea alors pour ses
cours, des traités de logique, de métaphysique où les
systèmes étaient jugés à la lumière des idées spiritua-
listes et chrétiennes et desquelles il retirait, pour être
le guide de la vie de ses élèves, les utiles leçons qu'il
n'avait pas encore aperçues lorsqu'il avait condamné
les *niaiseries sublimes* de la philosophie ! Mounier rédigea aussi un cours d'histoire. Il professa de 1795 à
1801 ! En 1801, l'ancien secrétaire des Etats de Vizille
et de Romans, l'ancien président de l'Assemblée
nationale était préfet du premier consul : Bonaparte.

CHAPITRE XIII

—•e••••—

Mounier rentra en France au mois d'octobre 1801. Quelque temps avant de quitter l'Allemagne, il avait publié une étude sur l'*influence attribuée aux philosophes, aux francs-maçons et aux illuminés sur la Révolution de France*. Le but apparent du livre était de combattre l'opinion avancée dans l'écrit d'un Anglais : Robison, qui avait affirmé que « d'Epresmenil, Bailly, Fauchier, Maury et *Mounier* » étaient membres d'une secte franc-maçonnique. Robison avait cité ces noms pour montrer que c'était l'aveuglement des modérés qui avait amené le triomphe des violents. Mounier parut sensible à cette imputation et il publia la défense que nous venons d'indiquer.

L'apologie de Mounier surprend malgré tout. L'ancien constituant ne s'y défend pas d'être franc-maçon, il condamne pourtant la franc-maçonnerie. « De telles associations, dit-il, me paraissent plus dangereuses qu'utiles. » Il borne son espoir à tenter d'établir que les doctrines n'ont pas été la principale cause des dé-

sordres matériels qui ont amené le conflit entre les
classes privilégiées et le Roi de l'ancien régime. « Est-
ce la tyrannie, s'écrie-t-il, qui a créé la vénalité des pla-
ces des juges, leur prétention et leur différend avec la
couronne ? Est-ce la philosophie qui a produit la ruine
des finances ? » On pourrait lui répondre : sont-ce les
juges qui ont fait la Révolution et est-ce le déficit qui
a ameuté le peuple ? Il avait été plus exact dans sa
lettre à M. de Virieu, « l'audace, avait-il écrit, avec laquelle ils ont livré en ridicule tout ce que le peuple
regardait comme sacré, est la cause de nos malheurs. »
Les philosophes, les sociétés secrètes, les académies
de province, les sectes de toute nature qui alors se formaient pour régénérer le monde, avaient en effet détruit
le respect, la soumission légale et tout ce qui soutenait
la patience du peuple. Quand ces vieilles idées furent
dissipées, et qu'à leur place on jeta dans l'opinion
publique par toutes les voies, le goût de changement et
le désir de la destruction et qu'on donna, pour guide
aux passions, la pensée que, souveraine de fait par
la force, elle possédait en elle l'art de réorganiser la
nation, il n'était plus besoin de l'action des sociétés
secrètes ou non, pour renverser la royauté et créer
les catastrophes de la Révolution. Aucune association
n'eût été assez puissante pour produire un tel cataclysme:
il y fallait la complicité du peuple entier et le concours
de mille rancunes, de mille convoitises, de mille passions diverses. Les philosophes du xviiiᵉ siècle, et
c'est là leur faute, firent naître ces passions, allumèrent
ces convoitises, entretinrent ces rancunes. Le désordre
public était le plus puissant de leur auxiliaire : le
monde ancien fut emporté.

L'*Influence attribuée aux philosophes*, etc., ne parut
guère avoir qu'une portée philosophique et historique :
Mounier y faisait pourtant sa profession de foi reli-

gieuse : il indiquait comme nécessaire l'organisation d'un culte public, il déclarait que « dans un grand pays, les doctrines religieuses devaient fixer (1) les principes les plus essentiels de la morale. » Le livre se terminait par ces mots : « Combien ne dois-je pas de reconnaissance à ceux qui dans ma patrie ont senti la *nécessité de l'indulgence*, qui s'efforcent de mettre un terme à la haine des factions et qui réparent les maux passés autant que le permet la sûreté publique (2)... » Le livre avait-il été écrit pour publier cet hommage ?

Ce dernier ouvrage de Mounier paraissait en effet dans le moment même où il sollicitait sa rentrée en France. L'exil l'avait lassé. La nostalgie de la patrie avait abaissé l'altière fierté de ses premiers jours de combat. Ses principes qui ont été sa gloire, et qui furent sa force : la monarchie et la liberté, s'étaient évanouis dans l'éloignement du sol qui les avait fait naître, et maintenant il offrait l'oubli de ces grandes idées contre l'indulgence qui le ramenait parmi les siens. Sa femme vivante, Mounier n'eût pas écrit, pour acheter son retour, qu'il préférait la tranquillité publique à un système quelconque. L'esprit élevé de sa compagne lui eût certainement rappelé que la tranquillité publique qui est faite de servitude, est indigne des hommages d'un homme de cœur. Mais surtout, sa présence en formant pour lui ce que la patrie pouvait lui offrir de plus doux, l'eût écarté de la triste tentation d'aller chercher, au prix d'une soumission humiliante, les affections qu'il n'avait plus sur la terre étrangère. Mounier ne savait pas supporter l'épreuve. Il aima les principes tant qu'ils ne coûtèrent rien à son repos et à ses passions.

(1) *De l'Influence, etc.*, p. 59.
(2) *De l'Influence, etc.*, p. 244.

Le retour de Mounier fut sollicité par plusieurs de ses collègues de la Constituante qui attestèrent son civisme, et par un nombre important de personnes de l'Isère qui témoignèrent qu'il n'avait émigré qu'obligé par l'agitation populaire de mettre ses jours à l'abri. Comme cette double attestation tardait trop à produire son effet, il écrivit lui-même, après plusieurs pétitions directes, une lettre de prière au citoyen *Fermont*, l'ami politique du révolutionnaire Chapelier, contre les opinions duquel il lutta avec tant d'énergie à la Constituante, et pour obtenir son concours, il alla jusqu'à appeler « nuances » les violentes oppositions d'idées qui les avaient séparés à l'Assemblée nationale. Il sacrifiait tout son passé pour rentrer en France.

Mounier vint aussitôt à Grenoble. Pour l'aider à vivre, M. Aug. Périer, le propriétaire de ce château de Vizille où Mounier avait joué un rôle si sage et si grand, lui offrit — ironie du sort — une place industrielle ! L'ancien Constituant refusa, il voulut aller à Lyon fonder un établissement d'instruction publique pareil à celui qu'il avait créé au Belvédère. Bonaparte ne le permit pas. Il appela Mounier à Paris et lui enleva ce qui pouvait lui rester d'indépendance, en le classant dans les serviteurs officiels du nouveau régime ; il fit de lui un préfet et le mit à la tête du département d'Ile-et-Vilaine. S'il n'eût jamais été qu'un fonctionnaire, son passage à Rennes eût mérité à son nom la réputation d'un administrateur sage, ferme, habile, mais peut-on séparer l'appréciation d'aucun acte de sa vie, Mounier préfet, de Mounier des Assemblées de Vizille et de Romans ! En 1805, l'Empereur, inquiet, dit-on, de ses succès, voulut étouffer encore ce qu'il craignait de son influence et l'appela plus près de lui, dans le rayonnement immédiat de sa personne ; il le nomma conseiller d'Etat. Il alla partout : il était entré dans le rang. Ce héros de la monarchie libérale mourut le 26 janvier 1806, soldat de l'Empire !

Grenoble. — Imprimerie VALLIER et CHABERT, place Saint-Louis, 9.